我必亲手重建我的生活

黄佟佟 著

中信出版集团

我必亲手重建我的生活

黄佟佟 作品

中信出版集团 · 北京

序

我这个审美为零的七零后

黄佟佟

一

记得当年采访清新文艺男神，他甩出了一句政治相当不正确的话：“七零后的审美教育是零。”

说这话时我们互看了一眼（我跟他同年），在三秒钟之内回忆了一下各自的童年，双双在嘴角浮起一个心知肚明的微笑，嗯，好，明白了。

什么叫审美教育是零呢？

就是我们的童年生活里几乎没有任何一点关于对美这件事的启蒙。

一切都以实用为唯一导向，养了母鸡是生蛋的，公鸡是打鸣的，狗是要护院子的，而猫必须得抓老鼠。更可怕的是，根本没有人会告诉你什么是美的东西。小时候看雨中颤动的桃花，腹内绞动，问身边的大人那是什么，他们木着脸说：喔，那是结桃子的，不要去碰，树上全是桃胶……

到现在我都认为世界上最可怕的生活是完全不让你拥有精神生活的生活。小时候寄居在外婆家，外婆下放的那个村子叫肠子冲，深山里出去的路只有肠子那么细，可想而知山有多么深。我外婆当然疼我，但她疼我的方式就是不让我干活，她以为不用干活就是幸福了，可是我无聊啊，没有玩具，没有书，没有小伙伴，我成天坐在小板凳上看坪里的鸡啄土，看着看着就睡着了。四五岁的孩子什么也不懂，最大的感觉就是一天怎么那么那么长啊，过也过不完。每次我一想起当年的生活就觉得活像把一个人空投到了火星上，尘土沙砾，荒芜焦渴，所以现在有朋友邀我买山中别墅，我敬谢不敏，深山老林的生活我还真在小时候就过得够够的了。天哪，就让我住在这滚滚红尘闹哄哄的都市里面吸霾吧，至少我知道一探头就能看到客似云来的云吞面铺和远处的报馆，这会让我安心一点。

二

六岁时我跟着我妈从小镇搬到湘江边的小城，小学的时候，爸爸去了一趟深圳，带回一台录音机，只有一盘磁带，是邓丽君的。我听到的第一首歌是邓丽君的《看今天你怎么说》，爱上的第一位男星是港版连续剧《射雕英雄传》里的苗侨伟，擅长唱的第一首卡拉OK是“当当当当，昨夜滴（的），昨夜滴（的）星辰，已坠落，消失在遥远的银河，想记起，偏又已忘记……”每次点这首歌时，我拍档蓝小姐总是目瞪口呆，有一次她试着用一种比较委婉的语气问我：你怎么喜欢这么有时代感的歌……

可不，姐姐就喜欢俗的——

但你让我怎么办呢？

我们这一代人一睁眼的时候，世界给的，全是这些东西。

金庸古龙很通俗吧，但那已经是我初中时才接触到的最高级的港台文学；叶倩文的《祝福》俗到姥姥家了，可已经是当年听到的最清新的广东歌；高中才第一次听钢琴曲，我买过的第一盒最高端大气的磁带是克莱德曼的《致爱丽丝》。直到大学，才知道张爱玲，买了浙江文艺出版社的《张爱玲散文全编》，最不爱读的三篇是《谈跳舞》《谈画》《谈音乐》，只觉得索然无味，因为完全不知她在说什么，要知道她写这些文章的时候是1944年，而我看她的时候已经是1992年——一个也算是知识分子家庭里长大的年轻女大学生竟然完全看不懂五十年前本国女作家的文字，你说文化有没有断层，你说我们那代人的美学教育是不是完全空白？

小时候几乎没有课外活动，男孩子的课外活动是打架，女孩子的课外活动是跳橡皮筋，没有画画班，没有钢琴班，甚至左邻右舍没有挂画，我们的墙上挂的唯一的东西是刘晓庆、陈冲和张瑜的挂历，没有人告诉你世

摄影 / 林琳

上还有一些东西叫画还有一种东西叫诗——所有美学全靠自学：服饰装扮是跟着电视剧学的，《血疑》里的高领蝙蝠袖真美啊，《猎鹰》里叶德娴的爆炸头好看啊；音乐是跟着盗版碟学的，各种演唱会录像带各种盗版打口碟，心中的巨星是四大天王童安格罗大佑。

我们那一代女孩的生活品位教育你知道是谁完成的吗？你肯定猜不到。

是三毛小姐完成的。

怎么说呢？三毛小姐在漫天黄沙里朝我们走来，教我们：有品位的女子就是到处拾荒（她的名篇叫《拾荒记》），她可以在沙漠里拾羊头，可我们只能在野地里拾点树根。在她的倡导下，我们崇尚各种拾各种DIY，自己扯布缝裙子，到清迈的夜市上找便宜的镯子戴满手腕，当然这是一种生活情趣，但这何尝不是贫困中的某种凑合，用可乐瓶子改的笔筒真的好用吗？再好用，它都站不稳啊……

真的，专业的事有专业的人，要不然中国那庞大的制造业不就无事可干了？所以我一看电视里那些教人们拿旧袜子改袖套的节目就来气，咱们能不能爱干净一点，能不能专业一点，上帝的归上帝，恺撒归恺撒，让旧袜子归旧袜子，袖套归袖套。

三

由于缺乏基本的美学教育，我们大部分七零后就算脱贫了，也仍然不知道怎么生活。

我见过名满天下的女作家，不知道基本的仪容规范，也不知道该穿什么衣服见读者，疏漏到眼线涂得都是歪的，看着真是让人蛮心疼的……

美丽的舞蹈家，到现在最大的爱好还是在小店找最便宜的衣服，然后拿回家让裁缝改，她说这是她生活的最大乐趣。

富可敌国的企业家A，花上千万买了别墅，却不知道如何摆设，家里空空如也，形如巨大的冰窟；另一个呢，则相反，房间里挤满了金光闪闪的欧式沙发，还有她到处搜集来的真的假的各色古董，把家里整得像一个古董铺……

嗯，我自己也好不到哪里去，有十年的时间我奔走在批发市场，一千块钱买几袋子衣服，衣橱里堆满各种各样奇装异服，大花与亮片，一件也没法穿出街，我知道这特别变态，但是我就是改不了。后来我看到黄伟文说那是成年以后的我们对于过去极度缺乏物质的某种补偿……最可怕的是，我不愿买任何一件稍微贵的东西，“不都一样么”“你那么爱牌子一定是一个虚荣的人”，其实还是因为舍不得，太贵了，而且另一种潜意识是觉得不应该，我怎么能用这么好的东西呢？会掉的，会弄坏的，会闯祸的……

我面对任何好的东西都有一种惴惴不安忐忑无比的心情，老觉得这样的东西放在我这种粗人手里是暴殄天物，而且奇怪的是，好东西在我这里的结果通常是会坏掉或者不见，后来我的心理医生分析说因为你潜意识里就觉得自己配不上好的东西，一切发生的事都不是偶然的，都有某种潜在含义……

过分贫瘠的生活最大的坏处就是把你变成了一个不相信美好的人，你不相信它们的存在，也不相信它们会来临。你贪婪又仓皇，胆小又狂妄，你内心千疮百孔，你永远惊恐万状，你的整个人生既享受不了好的东西，也分辨不了美的东西，“不都差不多吗？”我对自己这么说，后来又对别人这么说……

“还是差得多的。”这是十年前采访一个香港的时尚专家时，她对我的告诫，“多读点书，多见点人，多出去走走看看世界吧！”

十年了，我尽力把每一次出差都当成旅行，把每一眼世情都当成风景，发现改变一点一点发生在心里。当你见识过挪威一百年前的小木屋的温馨整洁，你就知道一个女人所能创造的美好细碎的世界到底是什么样；当你去过最好的五星酒店，你就知道什么是细节的完美什么是历史与文化的浸润；当你走过五湖四海，和那些美好的人与事相遇，触摸过那些由顶级匠人齐心打造的器物，你就真正感知了这个世界某种美好而具体的存在，它们因为你的能量召唤而供你享用，也因为你的欣赏，而让打造它们的力量汇合进你的生命——所谓美好的生活其实并不完全跟钱有关，它跟你的见识有关。

记得第一次在广州安家的时候，我兴致勃勃去中山买了一套老式实木沙发，因为当时的我只见过这种家具，而装点家里的摆设则是路边买来的三块钱一根的向日葵，买了几十朵。印象最深刻的是杂志社同事到我家做客，别人都不出声，只有一个女孩惊奇地问，你们家怎么会摆假花……后来我才知道广州人都摆真花，一是地处亚热带，满地是花，真花根本不贵，菜市场就有得买；二是广州人摆假花一般是摆在神龛边的。

“假如你不走到墙外面来，就永远不知道有这样一些景象。假如你不走出这道墙，就以为整个世界是一个石头花园，而且一生都在石头花园里度过。当然，我也说不出这样有什么不妥。”这是我最喜欢的王小波的一段话，有人问我觉得人生里最重要的一件事是什么，我说是到广州来。如果没有到广州来，我不会成为一个媒体人，我不会写作，可能终生是一个永远在家里摆假花的中学老师，当然这也没有什么不好，但如果人有机会走出来，见到真正的大草原，为什么不呢?

摄影 / 文俊

这是奥德罗普格美术馆保存完整的芬·祖尔（Finn Juhl）旧居。旧居建于他结婚之后，于 1942 年建成，保存至今。墙上挂的画是他的第二任妻子汉娜的画像。下方是芬·祖尔 1941 年设计的诗人沙发，这个居所象征了北欧设计的黄金时代。

你确实值得拥有美好，前提是，你要让自己成为懂得美好的人。

芬·祖尔的诗人沙发多么飞扬慵懒，但重点你要懂得那来自1940年一个北欧男人舒朗轻灵的内心，坐上去的时候你才会更享受。克鲁格香槟确实好喝，但亦不需要真的买一箱那么夸张……

要经过这么多年，走过这么多路，我才真正明白了人生所有的好东西都跟钱有关，但归根到底又没有太大关系。有钱人里有非常不懂得生活的人，而平常人中也有非常懂得享受生活的人，不是哪个牌子手袋最昂贵、最出名，你就一定得拥有它，而是你有眼光、有魄力去选择，有能力去拥有。芬·祖尔的名言是“美好的东西并不制造幸福，但不美好的东西却能大大地破坏幸福感”。

年纪越长，越深感自身的渺小，我们不大可能改变这个世界了，但我至少可以改变自己的生活。我给自己定下了一个生活标准：在我的生活里，在我的家里，我希望触目所及，都是我最喜欢的东西和喜欢的人，一看到他们，就会让我心情很好，一看到他们，就会让我觉得人间尚有希望——爱自己的第一步，就是学会爱一切美的东西。

嗯，是的，我曾经审美为零，但是我愿意学，我愿意在一片荒芜里重建自己的生活，我知道让自己的生活变得更为美好的最简单的方法就是选择美好，并且与它们为伍。

愿有你同行。

目录

第一章 美好的居所

第二章　美好的厨房

第三章　美好的贴身小物

2017 年，去熊本的山河旅馆泡汤，这家旅馆有二百多年历史，随手一拍旅馆雨后的阳光与绿叶。

第一章 美好的居所

什么是好的生活？

日子过得舒适是太重要的一件事，过分清苦的生活会使灵魂折堕。

——亦舒

一

关于好的生活这件事，到三十岁之前我都没留心过。

因为三十岁以前本人所做的一切基本是为了生存——如何在一个陌生的城市里活下来。三十岁以后呢？有点拔剑四顾心茫然。

因为工作的缘故，倒也常去各种五星酒店高级食肆，但住就住了，吃就吃了，觉得那种用钱堆出来的奢侈跟平常人的生活没什么关系，那些金光灿烂的东西后面是人类的虚荣心和占有欲，它让你活得越来越飘，而不是越来越好。

第一次切切实实感受到什么叫好的生活是因缘际会。

十几年前去香港替一个大牌时尚杂志采访一位台湾女作家，本来说要到她家去拍，但她说家窄屋浅，于是借了一个世伯父的家拍照。

那天车子从中环上山，绕了不知多少圈，在一栋不起眼的陡峭的大宅前停下了。大宅依山而建，背山面海，侧面一个小门进去，并没有什么罗马柱汉白玉，就是迎面一个小池养了几尾肥大的锦鲤，衬几颗大的太湖石，还有几支淡绿的兰花，幽雅得很。

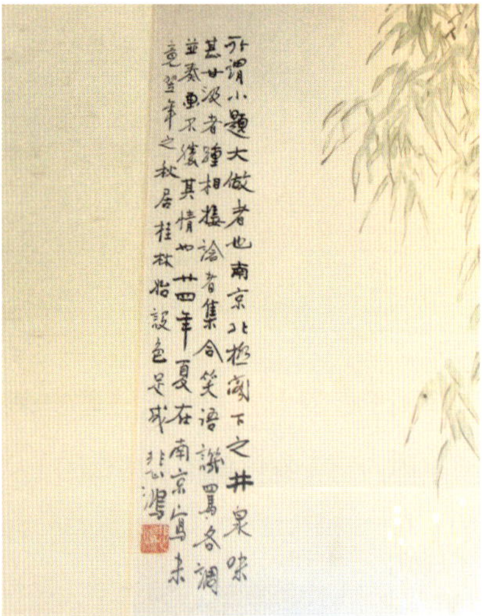

这房子有年头了，一切初入时都不觉有什么出奇，但坐久了，只觉得无处不舒服。

大宅是联排楼房，等于四幢四层楼房并排而立，管家把我们领进一楼的电梯，那是我第一次知道原来四层楼房里也可以装电梯。

我们拍片的地方是最上面的一层，二百多平方米一分为二，一半是阳台，一半是房间，房间分别是厨房、餐厅和书房，书房走出去侧面是一个迷你小泳池。阳台阔大，正对无敌海景，白帆点点，巨大的三角梅横切过来，山幽鸟鸣，小风轻拂，无论是坐在阳台上还是坐在书房里，都心旷神怡。

我留意到一个细节，四幢房子各有大门出入，但阳台与阳台之间只有低低的花木相隔，小孩们可以穿来穿去。当时就想设计这座房子的人厉害啊，既有东方人的大家庭观又有西方人的隐私观，一家人，既住在一起相互照应，又各有独立空间，这大概是现代化大家庭最适宜的家居方式。

当时我们全待在书房歪着，等采访。我环视这间屋子，只发现一屋子半新不旧的沙发，四壁都挂着画，茶具上有细细金边，描着好看的玫瑰。我们这帮人喝完酒就开始困，四仰八叉地躺倒，头仰下去，碰到后面的画，仔细一看上面署名，徐悲鸿、黄永玉……肯定是印刷品吧，这些画得多贵啊，怎么可能就这么随意挂在墙上？但细看又不像印刷品，笔画真真切切。

正疑惑间，我看到小客厅柜子上的家庭照片，里面有个老人好面熟，上网一查，嗯，原来是他，名震亚洲的南洋富豪，家族传奇横跨了数十年。最大的感受只有一句话：咦，原来亦舒没骗我们，真正的大富之家一点也不金碧辉煌哎，一切都是半新不旧，但一切都是那么舒适就手。

二

嗯，这是大富之家的派头，富裕中产是什么样子呢，拜采访之赐，我也见过。

去采访住在九龙加多利山的一位奇人，那是香港嘉道理家族从清末就盘踞下的风水宝地。

从太子道一上来，旺角、油麻地的红尘喧嚣就被树林隔绝，白色的别墅掩映在郁郁葱葱的热带树林中，十足欧洲小镇的感觉。虽然只是九龙区的一个小小山包，但这么多年却一直是香港乃至亚洲最贵的豪宅区，在这里租住的明星名人无数，刘德华、吴君如、澳门赌王还有故去的张国荣，还有，要拜访的奇人。

奇人当然没有住在别墅里，不是他住不起，而是他现在住的大楼是他九岁起就生活的地方。1958 年母亲将这里租下，到 1978 年，他家从“文革”中慌乱的中资公司的手中买下来，五十七年里一直安居于此。而对于天下的张爱玲迷来说，山景大楼是有“宝光”的所在，因为张爱玲 1961 年曾借居于此写剧本。世事沧桑，张爱玲这一生住过的地方，也大约只有此处的风景未曾大动，一座不起眼的六层黄色公寓楼，若不是车库里开出开进的锃亮房车，你半点也想不到这旧旧的公寓里也藏龙卧虎。

低调、老派但又有格调和气势，就算到了现在，你仍然可以从山景大楼锃亮的老式电梯和雅致的水磨石地面，遥想上世纪五六十年代的摩登风光。

三

有人问阿城，为什么要不停地去看好的东西?

阿城想了半天，说为了见识，就是当你见惯了好东西，不好甚至不太好的东西你自然一看就知道，装腔作势的东西绝对入不了你法眼，所以人千金难买的只有两个字：见识。

真正好的生活就是实实在在的，滋味绵长的，一切都如此妥当，你想到的他想到，你没有想到的他也想到了，最高的准则只有四个字：舒适方便。

你看，什么都是灰灰的，淡淡的，一方面是存在的时间是有些年头了，一方面是主人很明显不喜欢新簇簇热辣辣呛鼻子的那种味道，不要显眼，不要炫耀，但是一切又要是最好的。王尔德说过：“我的品位很简单，我只要最好的。”

喜欢画，价值连城的画随意挂在墙上供朋友观赏；喜欢茶，上好德国瓷器就摆在桌上大家取用；做饭的厨房漆成庄重的墨绿色，宽敞得像间大教室，冷气充足，菲佣们一边有条不紊煲着汤一边轻声说笑——连工人们工作的地方都这样舒适体面，可以想象主人们住的舒服程度。

真正好的生活就是让所有生活在此处的人感到舒服，感到恰如其分。这种好无疑是需要强大的经济实力支撑的，因为完全不用考虑钱，但更需要的是享受过多年好的生活的那种历练，以及愿意让每一个家庭成员安然的诚意。

真正好的生活就是实实在在的，滋味绵长的，一切都如此妥当，你想到的他想到，你没有想到的他也想到了，

最高的准则只有四个字：舒适方便。

摄影 / 林琳

我必亲手重建我的生活

一

每个女人都想要有一间dream house，这梦怕是从少女时代就做起了。

我少女时代印象最深的一篇课文是台湾作家李乐薇的《我的空中楼阁》，到现在我还能背得出开头：

> 山如眉黛，小屋恰似眉梢的痣一点。十分清新，十分自然，我的小屋玲珑地立于山脊一个柔和的角度上……

山中的小屋，早上一拉开白色纱窗，就能看到婆娑的树影，听得到鸟叫——这多么像一个梦。

Dream house，dream house，顾名思义，只有在梦里才能遇到。

没想到在挪威我还真的遇到一座dream house，遇到它的过程恍如梦境。

只记得那天吃过中饭正犯困，人在迷迷糊糊中穿过了一间精致的书店（后来才知道是纪念馆），走到一个满是俊俏挺拔绿树的后院，沿着弯弯曲曲的桥道走进树林的深处，很快，我们就走到一间旧旧的蓝门木屋前。

一推开门，立刻有一种不同寻常的味道蔓延过来，一切都是旧的，旧的桌子、旧的横条靠垫、旧的沙发、旧的摇椅、旧的铁艺烛台、旧的壁炉……可是它们又真美啊，那些白色的上了浆的绣花台布和绣花窗帘，那张擦拭出木纹的线条优美的椭圆形长桌，那些形态各异放着各种布垫子毛垫子的温暖的椅子，衬着屋外一天一地的新绿显得格外优雅。坐在屋子里，一抬眼就能看得见窗边轻轻摇动的白色苹果花，还有倏忽来去的肥肥的麻雀……

“天哪，太美了，太女人了，这简直是我的dream house。”我几乎有半小时都处在喃喃自语十分震慑的状态，过很久才缓过神来，问随行的挪威使馆翻译雯燕，“这是谁的房子啊？”

她淡淡一笑，说这就是之前给你们说过的1928年就得过诺贝尔文学奖的挪威女作家西格里德·温塞特的故居啊。我这才想起我们此行的目的，是的，我参观过起码几十间作家的故居，可是没有一间像温塞特故居这样让我倒抽一口凉气，这也太美太舒服了啊。

故居的女馆长给我们讲起这个房子的来历。

原来温塞特是一百年前的文学青年，二十多岁时爱上了一个画家，有妇之夫大她九岁，而且还是三个孩子的爹。

一百多年以前的欧洲，第三者也是备受责难的，两个人费尽千辛万苦结了婚，温塞特一口气生了两个孩子，还要同时照顾老公与前妻的三个孩子（五个孩子里有两个是智障，画家老公的基因还真有点可疑）。繁重的婚姻生活对任何女人都是巨大的压力，更何况她还是一个花心男人的妻子，1919年她大着肚子来到此地，生下了他们的第三个孩子，同时也失去了丈夫，而此时，她已经三十七岁了。

三十七岁的女人，带着几个孩子，无依无靠，一般的女人可能早已精神崩溃了，可是温塞特却异常平静地做了一个决定：她决定为自己和孩子们建造一所漂亮坚固的新房子，这花了她三年的时间。白天，她带着仆人干活，晚上带孩子，当房子建好之后，白天她做家务，晚上等孩子睡着之后就躲进书房写她的历史小说。

她最著名的作品都是在这个时候写出来的，而且风行一时，单靠卖书，她就变得十分富有以及有名，十年之后，她成为世界上第一个获得诺贝尔奖的女作家——这是一个励志少妇逆袭的故事。

二

更励志的是，她不光只有这一座房子，她后来又给自己建了一座。

在这座叫“比耶克贝克”的房子里，把旧居的乡村风格移了过来，而她五十岁以后住的是更具都市风格的公寓。

这大概是她参观过纽约式公寓后的作品，功成名就之后为自己建造的安乐窝：宝蓝竖条纹的沙发，满墙的画还有瓷器，电话与唱片机，还有现代化的厨房与洗手间。女馆长笑着对我们说：“温塞特喜欢舒适豪奢的东西，纽约式的浴缸，纽约式的厨房，就算她没有一张唱片，可是她也要买一个顶时髦的唱片机。”

我摸着这只现在看上去也堪称时尚的唱片机，羡慕不已，我喜欢把自己生活打理得井井有条的女作家，因为她们让我看到希望，写作不仅可以解救自己，而且可以带给我们安定舒适的生活，和任何工作一样，我们靠

①诺贝尔文学奖得主、挪威女作家西格里德·温塞特的照片。

②隔着纱窗可见外面的苹果树。

③她写作的书房，在客厅旁边，只窄窄一条。

④旧木头书桌，透着一百年前的简朴。

⑤打字机旁边放着十字架和她亲人的照片。

一双手找到生活的重心与依靠。

因为这座房子，我爱上了温塞特。

我佩服她，也欣赏她。一百多年以前，在遥远的北欧，世界最偏远的一隅，一个孤独的女人在漫长的黑夜里，敲击着键盘，仅仅凭借着一双手，在这个残酷冰冷的世界里，为自己建立了一个温暖舒适的小小宫殿，这难道不是一件极伟大的事么？

女人和她们的房子，具有某种极其微妙的联系，一旦女人拥有自己的房子，她就会变得无所畏惧。而更有意思的是，仅仅就是在得到它的过程里，你也会收获无限的力量，因为在建设自己宫殿的艰难跋涉里，你慢慢变成了更有力量的人。你的眼光更敏锐，你的内心更坦荡。

每个女人都想要她的 dream house，而得到它最简单的方式也许就像温塞特，无论置于何种境地，哪怕是密林与废墟，也要平静地站起来，把下巴高高地翘起——是的，我将亲手为自己建造一座宫殿，无论多难，我必亲手重建我的生活。

我见过最美也最忧伤的白色小屋

安娜贝尔这个美丽的名字，是一栋房子的名字，在见到安娜贝尔之前，我以为电影里那些美丽的房子都是搭出来的，但见到安娜贝尔之后，我才发现我错了。安娜贝尔是一座真正的建在万丈波涛之上的两层白色小屋。前后两处花园，房里摆满秀美的家具，白色蕾丝被、白色铁艺的灯，举目所见都是花、书以及照片。

厨房正对大海，可以对着海天一色切青椒、煎牛排，更可以在夜晚，听着海浪，在临海小花园里喝酒。后花园就建在海崖之上，脚下就是万丈碧波，抬眼就是弯曲的白色沙滩，再配上新西兰吉斯本的湛蓝天色，美得令人目瞪口呆。

比这美景更让我感动的是房子的女主人，七十岁的她，依然身材曼妙，风姿绰约。作为一间小小民宿的主人，她出来招呼我们的时候，穿素色 V 领衫、铅笔裙，笑起来像个孩子，一举一动都优雅无比。她告诉我们这间房子是她祖父那一代建的，历经三代，光是在峭壁上垒起那座美丽的后花园就花了整整十年的时间。

老太太一个人料理这间只能招待四间客房的民宿，轻盈里带着简洁，沉默中含着微笑，不时问早餐可好，闲时打电话看报纸，在寂静里忙碌着。她的大半段人生，从走廊里挂着的无数照片可以看个大概：年轻时极美，最是那一低头的温柔面容酷似十九岁的戴安娜；嫁给英俊的丈夫，生育三男一女；然后是孩子们一个一个长大，四张大学毕业证骄傲地立在走廊的尽头；再然后是孩子们离开，有的去了英国，有的去了奥克兰，最小的这个儿子刚刚大学毕业，没找到工作，有点魂不守舍，出出进进尽量不惹人注目。他爱打网球，也有女友，两个年轻人老在地下室里打乒乓球。吉斯本就是一个小城，寂静得不得了，小儿子百无聊赖横躺在沙发上看电视的时候，那小小沙发早已容不下他那巨大的身躯。嗯，这所小小的旧旧的房子应该早已容不下年轻人那颗奔腾的心了吧，他是一定会离开的，去更大的城市，奔向更广阔的未来。这正是母亲最伤感的时候，因为最后一只小鸟也要离家了。

这时我突然明白，为什么总觉得这美丽的房子和它美丽的女主人一样，总有一种让人说不出来的伤感，那伤感背后的原因是：哪怕是最美的女人哪怕住着世界上最美的房子哪怕曾经拥有过最完美的世俗的生活，也终有曲终人散的时候。

难道不是吗？安娜贝尔美丽的女房主，完美的女人，可是美丽会逝去，伴侣会逝去，孩子会离去，到最后，房子里只剩了美丽的她——她已经七十岁了，“房子如果没有孩子愿意接手，我打算把它交给政府……”她微笑着说，“现在闲的时候就去做义工。”

1969 年，十几岁的年轻男子写下一首诗，题目是《美》：

> 我所渴望的美，
> 是永恒与生命，
> 谁知它们竟水火不容；
> 永恒的美，奇光异彩，却无感无情；
> 生命的美，千变万化，
> 却终为灰烬。

这个男子叫顾城，去新西兰的一路上我都带着他的书，一边读，一边深感命运的莫测与人生的荒芜，真正的美丽总是如此易逝又异常脆弱，这脆弱与易逝映照了人世永远不停息的循环，每个人都曾拥有小小的幸福，也最终会遇到必然的死亡，所有人都一样，《旧约》里的句子还在。生有时，死有时。哭有时，笑有时。哀恸有时，跳舞有时。天下万务都有定时。

是，美丽有时，哀愁有时，聚有时，散更有时。

①客厅的窗户正对大海，三百六十五天三百六十五张风景画。

②客厅的小角落。

③从花园能望见小白屋。

④悬崖之上的小花园，搬张椅子，看海可以看上一整天……

为什么有人要长住酒店？

一

以前看香奈儿传记时，最觉得奇怪的一点是：为什么她三十年都住在巴黎丽兹酒店的套房里，是钱多得没地方花了，还是特别怕寂寞？

后来因为在杂志社工作的缘故，经常要住酒店，自己也慢慢变成了一个酒店迷，慢慢领会出了酒店最迷人的地方在哪里。

酒店最迷人之处就是“它拥有你所想要的一切”。

美丽的水晶吊灯、一人高的鲜花、光亮的大理石地面、芬芳的空气、赤脚踩上去温暖舒适的羊毛地毯……这些都是外在的美好。而内在的美好是，人一到酒店，就不用再担心生活里的任何事了——方便，安全，房间乱了不用心急收拾，早上弄得一团糟出去，晚上回来房间已经干净清亮。我知道没有田螺姑娘，但那种一回家就看到所有东西都干净整洁的感觉还是让你非常惬意。酒店就像某个似乎什么也不用你操心的太虚幻境，而好的酒店则更类似天堂，住在那里的时候你很有安全感，因为一切事都会有人来帮助你，只要一个动作——拿起电话找前台。

真正把住酒店的好处研究明白的是一位姐姐，姐姐是上世纪八十年代最早一批大学生，当过医生，九十年代下海，做医疗器具的进出口生意，积攒了丰厚身家。她在市中心有公寓，在市郊有厂房，四十五岁的时候，她结束了公司的生意，开始了从一个酒店到另一个酒店的旅程，每个酒店住上半年到一年不等，我认识她的时候，她已经过这种生活有差不多五六年了。

姐姐对于酒店的要求就是安静，要有山有水空气好风景好。每天的安排非常固定：早上锻炼身体，看书，下午睡一觉，处理股票和公司杂事，晚上看看电视看看书再睡觉，日子过得清净逍遥。我问她孤独么？她说一点也不，和人打交道她才觉得孤独，一个人待着挺快乐的。我问她为什么要远离人群，她说因为这样舒服，彼时女儿已由前夫带着去了美国，她又与自己合作多年的男友分了手。辛苦了这么多年之后，她觉得是时候要过一种完全自由、完全为自己而活的生活。于是她就在广州周边四处寻找风景优美的郊区酒店，“如果我要在山里拥有同等质量的生活，包括买地建房还有找保姆做饭找司机开车这些开销，加起来应该至少也得上百万了，这些钱足够我在景区酒店长包房里生活十年了，那我为什么还要自找麻烦呢，酒店帮我把一切麻烦事解决了。吃饭、房间清洁都专门有人负责，那么多服务人员围在身边，我一个人住，要是感冒发烧生病了还不知道找谁，现在一按铃就有人来照管，你说我为什么不住酒店呢？”

原来长住酒店，与炫富无关，完全是为了方便，甚至对于某一类人来说，它是某种节俭的方式。欧洲的破落贵族才长住酒店，因为养不起古堡以及那么多奴仆，所以才会退而求其次，在酒店栖身——那是他们用最低的成本能换取到的最有品质的生活，讲到底，酒店的本质不光是一个建筑，酒店的本质是服务，豪华的房间、柔柔的灯光、米其林口味的餐厅确实是你付费的一部分，但那不是主要的，你付费的最大理由是因为你想用最少的价钱享受到一种更优质的团队服务。能想得通这一点的是中国一位著名的舞蹈家，她每年花一百多万长包了老牌酒店锦江饭店的顶楼，她的解释是，一千万在当下的上海绝对买不到像样的房子，可是一千万，就可以在最中心的地段拥有最好的景观的酒店套房里住上十年，Why not?

二

那么，什么样的人适合住酒店呢?

首先，经济能负担。

其次，工作忙碌。

第三，不擅长家务劳动。

比如香奈儿女士，她无儿无女，生活中只有恋爱和工作，住在丽兹酒店最好的一点是离她在康朋街 31 号的店只有三分钟路程，而且还可以在酒店的大堂与餐厅方便体面而且安全地接待客户、朋友和记者。像她那样的名人，与其在市中心买豪宅名车，养工人管家保安一大堆人，还真不如直接在豪华酒店享受专业团队的星级服务，算下来其实花销也差不多，服务也更到位。自雇的管家和贴身看护是否令人满意要看运气，而奢侈酒店的服务人员绝对都是训练有素。

索菲亚·科波拉拍的电影《纽约故事》，三部曲中有一部叫《没有佐伊的生活》（*Life Without Zoe*），讲的就是一个长住酒店的小女孩佐伊，父亲是艺术家母亲是社交名媛，两个人满世界飞，女孩因为要上学，常常一个人住在酒店，由管家照顾生活，到账房领钱，酒店所有的服务人员都

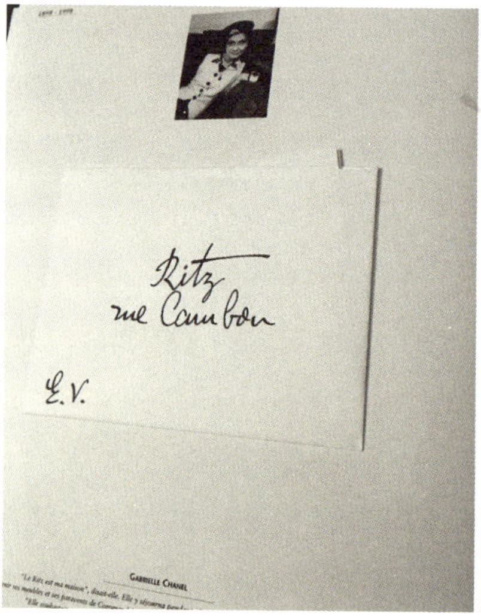

香奈儿住丽兹酒店302套房长达三十七年，这座1898年建造的巴洛克宫廷式建筑，由参与凡尔赛宫设计的朱尔斯·芒萨尔（Jules Mansart）设计，到处是水晶灯、丝绒刺绣沙发以及油画。香奈儿曾写信给丽兹感谢他们无微不至的照顾，丽兹酒店真正展示了老派欧洲上流社会的舒适与奢华。

这是我的朋友樊森拍摄的装修后的香奈儿套房，整体以白色金色为主，非常简洁舒适。当然价格也不菲，每晚三千欧元以上。

是她的看护者。她每天早上穿上香奈儿套装，飞快地拿上管家备好的早餐就上学去也……

有人说这是索菲亚童年生活的写照，大概上流社会的某些孩子过的就是这样的生活。不能说完美，但是比一个人待在无人照管的公寓好，普通人雇用一个保姆已经很吃力了，酒店里至少有数人会尽责照管你的小孩，论安全与周到，还是酒店好得多。

这大概就是香奈儿她们要长住酒店的原因，奢侈酒店，当然更不一样，所以香奈儿评价丽兹：真正的奢侈是看不见的应该与看得见的一样完美。老牌的奢侈酒店最值得称道的一点就是每一个细节都替你想到，每一个细节都完美，每一个细节都让人舒服，那种感觉还真是不一样，当然价钱也是非同一般。

人长大以后都明白一件事：能用钱解决的问题都不是大问题，当你真的富裕到无须太过为生活担忧时，看很多问题，就有了另外一个角度。特别是在中国，想一想，在一线城市动辄千万的房价威压之下，一套房子的价格足够你住一辈子酒店了，就看你想不想得开了。

反正，我的最新理想是努力赚钱，希望余生可以在酒店度过，住遍全世界的好酒店，不负此生。

住酒店的小心得：

1. 五星是个硬标准，经济允许的话，一定都住五星。如果预算不够，选历史名店，因为总不至于太差。实在还是不够，那就挑一间市中心地段网络评价分数高的民宿。

2. 如果你喜欢干净，那么一定要选建立不超过五年的酒店，超过十年的酒店一定不会整洁如新，陈旧的味道要更重。但如果喜欢气氛，最好选知名老店，住在曼谷的文华东方就是我此生最难忘的回忆，那种即将失传的殖民地风格的服务方式让人难以忘怀。

3. 每个酒店都有自己的绝活，也有自己的风格，丽思卡尔顿女人味一点，W 很夜店风，文华东方是英式贵族气派，希尔顿是商务范儿，半岛是精品气质，柏悦是艺术风格。我睡过的最舒适的床品是在半岛酒店，皮肤与床单接触时有一种销魂蚀骨的滑腻触感。其实如果真的喜欢酒店床品，可以直接买回来，因为可能以后就真的撞不到了。

4. 日常生活是不大可能变化的，成本太高，酒店是唯一合理和成本最低的变化生活的方式。

爱玲小姐的品位

一

第一次看到爱玲小姐的东西，是在 2012 年香港书展上。

就一个小小的角落，东西也不多，人也不多。

但对我这样的张迷来说，甫一见到，立时有点脚发软的感觉。看着她用过的包、穿过的鞋、衣服、照片、手表，以及她写过的字……隔着玻璃，人与物之间相隔只有十几厘米，那种激动的心情，想必只有粉丝才能理解。

爱玲小姐曾经是那么喜欢衣服的人啊，“再没心肝的女人，说起她去年那件织锦缎夹袍的时候，也是一往情深的。”小时候看着母亲立在镜子前打扮，看她在绿短袄上别上翡翠胸针，羡慕得不得了。长大了把添置衣服当成生命里的头等大事,没事爱去虹口的日本料子店买各种料子做旗袍，经济再困难，也会省下几百元来买乔其绒的衣料，把祖母陈旧如烂草的旧被面拿来做裙子，直到年老仍然记得这块料子“米色薄绸上洒淡墨点，隐着暗紫凤凰，很有画意，别处没看见过类似的图案”，甚至还想伙同炎樱开一家设计服装的公司。

从衣服看，爱玲小姐的品位很正，但生命的后期，那些不实用的绸子缎子从她的生活消失了，惊世骇俗的款式也消失了，但依然是见过好东西的富家子女洗尽铅华之后的知识分子品味。

晚年，她喜欢素色、黑白以及卡其色，还有看上去很神秘的旧旧的蓝绿色和饱和度很高的蓝紫色。如果是花色，要不就是极尽妖娆的大花（只有一件了），要不就是细细碎碎的菱形的花纹，或者绣花。和所有的世家小姐一样，她喜欢有质感的大衣，有着严谨而修长的线条，几乎都系腰身。

线条方面，她尤其喜欢椭圆，她有一个椭圆的闹钟，最普通的美国牌子，WESTCLOX（韦斯特克洛斯）BABY BEN 钟，线条极其简洁。爱玲小姐很爱银色手表，《沉香屑》里乔琪的父亲乔诚爵士就送了薇龙一只白金嵌钻手表。《小团圆》里最著名的那句话，用的也是手表的隐喻，“那痛苦像火车一样轰隆轰隆一天到晚开着，日夜之间没有一点空隙，一醒来它就在枕边，是只手表，走了一夜”。所以她自己的手表果然是椭圆的，非常简洁，没有任何多余的东西，就是银色椭圆框配黑色表带，有一种熟女的娟秀。

唯一的一只背包也是椭圆线条的马鞍包，很中古的式样，后来爱马仕也出过同款。

色彩是暗暗的绿色，很特别，从上世纪三十年代起，她就欣赏这些一般人欣赏不来的中性色。

唯一带出少女味道的，是她常用的白色酒店拖鞋，上面配着蝴蝶结，她人纤长，脚却纤细，三十五、三十六的码数，我的朋友小勤见过实物，回来同我惊叹爱玲小姐原来这样小巧。

二

除却这些旧物，最能带出爱玲小姐风韵的就是她写的字了。后来我采访她的遗产执行人宋以朗先生，在加多利山公寓瞻仰过张爱玲留下的笔记，

爱玲小姐的手表是椭圆的，银
色表身配黑色带子。

密密麻麻，中英文交杂。人人都以为她三十岁以后就没再写作，她当然写了，而且更多，只是，时代的动荡，让一个作者消失无踪了，在时代面前，个人真是细如微尘。

我看着她的圆圆的、一小颗、一小颗的字，像小女孩密密然而又天真的心事，看着她在纸上涂改的一个又一个的墨疙瘩，想着偶像当年一笔一画在上面写下的心情。发黄的纸，圆而润的字，清秀而疏淡，冷静而稀松。顺着笔画看，你似乎能从那些勾撇点捺里感觉到一些些心跳。昏黄的灯光下，四十岁妇人手中的笔，以及落笔时微微落下的力度。在爱玲小姐每日带在身边的本子里，可以看见她亲笔写下的这样一句话：

> 坐在洋台上望下去，天井里那里磨珍珠光粉。
>
> 做短工的女人隐身在黑影里，有时候把一只手伸到阳光里来，将磨上的珍珠米抹抹平，金黄色泛白的一颗颗，缓缓成了黄沙泻下来。
>
> 真是沙漠。
>
> ——《异乡记》

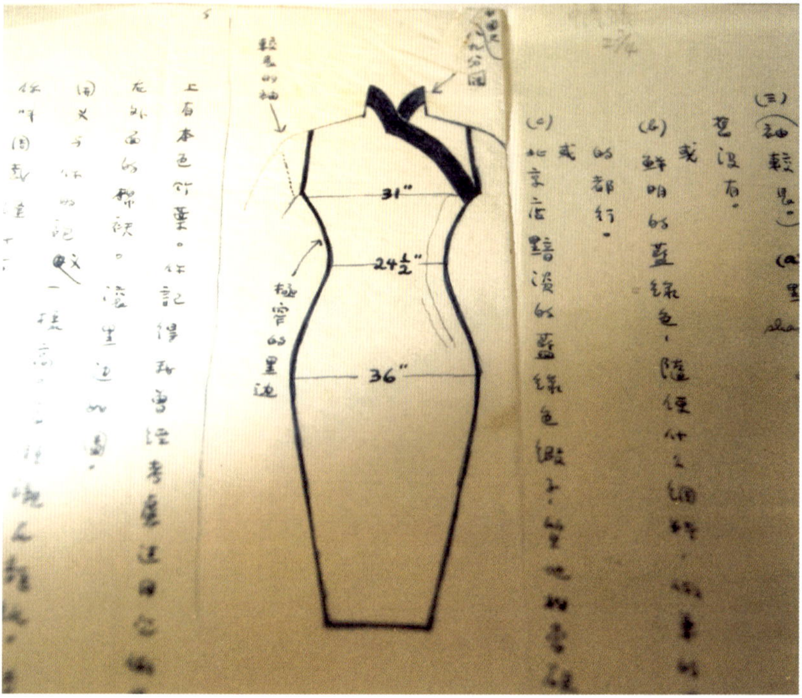

到了美国，爱玲小姐也会写信来定做旗袍，自己画样子，标明颜色，特别注明要“极窄的黑边”。

做一个亦舒女郎要花多少钱

白色栀子花，香尤其有一种暖调（英文名叫 gardenias），钟楚红管它叫白婵。

事实上，我们这一代女性审美有相当一部分是由女作家们奠定的。

琼瑶让我们把长发大眼忧郁清纯的女生奉为人间极品，三毛让我们看到各种叮叮当当的旧镯子旧木头手串都爱不释手，亦舒，则手把手教会了我们都市女郎的生活。

这位神秘低调的香港女作家自上世纪七十年代以来，就笔耕不辍（六十岁之前写了三百本书）。她的都市言情小说，女主角多半是独立坚强财务迈向自由的中产阶级单身女性。这当然有时代背景，亦舒开始写作时正值香港七八十年代经济起飞时期，许多独立女性投身中环，从事金融外贸，成为大公司中高层，亦舒描绘的正是这些白领女性的生活状态，而这些书也让大陆九十年代渐渐兴起的女性白领们有了借鉴模仿的目标。我的一位师姐，上世纪九十年代初就进入广东外企，是中国最早一批真正意义上的白领，同期分配到国企的同学才拿三四百工资时，她已月入一千。第一年她攒下四个月工资，买了一个LV（路易·威登）包，原因是《喜宝》里那个富家小姐出门都用整套的LV，那时人民币汇率低，奢侈品还是真奢侈。

第一代大陆女白领没有可效仿的前辈，所以必须要在亦舒小说里偷师品位。亦舒告诉她们千万不要全身披挂金光灿烂，但也得懂得使用名牌。女生穿上好的白衬衫配卡其裤，利索又美好。夏天要一身白，质地须是细麻或真丝，冬天最好开司米披肩。香水是午夜飞行，珠宝目标是辜青斯基，不然就简单一对钻石耳钉（最好三克拉以上），手表薄薄一只白金伯爵最显品味，当然百达翡丽也能彰显实力，包永远是爱马仕最好，“一只鳄鱼皮手袋最是百搭……”

我和我的搭档蓝小姐曾认真研究过要置齐一套亦舒女郎的行头需要多少钱。

白衬衫卡其裤，入门款叫Club Monaco，平均一两千一件，开司米更贵，两三万一件是平常。香水不计，三克拉以上钻石耳钉（林青霞便装出行就是戴十几克拉裸钻）十来万二十万是一定要的，积家入门款四万，百达翡丽入门款十万，爱马仕入门款七八万（若一定要鳄鱼皮估计得到三十多万）——所以，一切从简的话，一位亦舒女郎的基本入门行头市价应在四十多万左右。当然，不是一年内就要买齐，工作七八年以上的中高层白领置办起来并不是难事，难就难在要保持这种生活水准。白衬衫卡其裤脏了就要添新的，一年还得添置一只表或者几个包，无论如何年收入在五十万以上才可以维系。

但这一切都建筑在一个基础之上，那就是不必买房子。

亦舒对房屋内部的要求并不高，地方不必太大，家具无须太多，有书有唱片有温暖的旧地毯、大浴缸、全白家私和巨大的水晶瓶里插硕大白色香花足矣，但她对房子的地段要求极高。

亦舒迷都知道她迷恋的是“靠山面海有大露台的单身公寓，下班后，进门踢掉高跟鞋子，捧一只水晶杯子对牢大海喝克鲁格香槟”，要不然就是“市中心的清幽老宅，门口一棚紫藤”——以这种标准，在香港几乎不可能。面海背山有大露台的单身公寓，几年前就是七八千万，2017年之

白色香花最好配水晶花瓶，巴卡拉的水晶花瓶七千一只，配上白色百合，确实是美的。

后闲闲过亿，不是巨贾富商或者名伶当真是住不起。北京呢，老牌外交公寓七八万一平，上海市中心的高级公寓十万起，住得舒服一点总得有个七八十平吧，七八百万也真不是个小数目，而市中心的清幽老宅，更是不可企及，随时千万起跳。

在亦舒的时代，从前的香港中产女性凭一双手可以住上面海背山有大露台的单身公寓，在不生孩子不养家的情况下实现某种程度的单身女性全面自由，在房价沸腾的现在是真的没有这支歌唱了。首先单身限购，买两套远郊楼盘换一套市中心公寓已是妄想。其次这种生活完全与亦舒女郎的生活方式相悖，你总不能穿着真丝白衬衣去挤地铁吧，燕郊外来回一趟白色香花早谢了几回了。唯一办法就是租房，但2018年北京CBD高级公寓两三万一个月，上海旧法租界地区清幽的一栋房子月租三四万，按外企评估员工住房开销最好占收入的百分之十的标准来看，要过上悠游自如的亦舒女郎生活，年收入不上一两百万绝对玩不起这格调。可是三十岁左右的白领女性大部分还只升到主管，了不起年薪过三十万，租个静安寺月租七八千的高级公寓已经相当吃力了，哪里天天喝得起一千六百块钱一瓶的克鲁格香槟。

可叹啊可叹，亦舒女郎这种港式独立女性在大陆还没成形，就已被房价迎头一棒，击得魂飞魄散。难怪亦舒这几年书里的女主角全在美加混，上一代华人单身女性有些确乎实现了亦舒女郎的生活方式，但下一代华人单身女性靠一双手过上优裕生活的罗曼蒂克式梦想可能真有点难了，只能说，努力以及加油吧。

我们唯一可以向亦舒师太看齐的，大概是屋子里每周都有的白色香花吧。广州天热，可以选白色姜花，价格极平，十元三把，买回来在清水中浸泡一个小时，随即盛放，整个房间都充满清冽的香气，足足可以香两天，但姜花的缺点是易谢。

亦舒女郎真的不爱金么？

摄影 / 兰品聪

有一年周生生用了一个卡通代言人叫 Cassie。

年龄：30 岁

星座：天蝎座

学校：纽约帕森斯设计学院（The Parsons School of Design）毕业

职业：室内设计师

爱好：喜欢欣赏美丽的建筑和事物

性格：坦率，女为悦己者容，为自己美丽

运动：喜爱远足及普拉提

看这履历表再看视频里的造型搭配，我和蓝小姐相视一笑，咦，这个 Cassie 不就是一个现成的亦舒女郎么……

“什么时候金铺的代言人成了穿着白衬衣飒爽英姿的亦舒女郎啦，真是今夕何夕，”我大笑起来，“亦舒最恨金色哎……”

蓝小姐盯着我，“你再仔细想想，亦舒真的不爱金色么？如果她爱白色，她怎么可能不爱金色，白色和金色是最好的搭档，她每本书里都要出现的那些英国名贵骨瓷，哪一件上面没有描着金色细边……”

我仔细想了一想，是呀，亦舒还真不是不爱金的人，相反，她真的很爱金。

她最著名的话不就是：

“我需要很多很多的爱，如果没有爱，那就很多很多的钱……”（语出《喜宝》）

她的第二著名的话就是：

“不做金钱的奴隶，非要以毒攻毒，拥有许多金钱才行。”（语出《美丽的她》）

是喔，亦舒怎么会不爱金呢？亦舒女郎的必备道具是金表（当然她自己也超喜欢）：

> 唐晶看着腕上灿烂的劳力士金表，“时间到了，我得回办公室。”
>
> 我惋惜说：“我戴这只金表不好看，这个款式一定得高职妇女配用。”
>
> 唐晶向我挤挤眼，“去找一份工作，为了好戴这只表。”
>
> ——《我的前半生》

而她最爱的香水“午夜飞行”，是金色的小瓶。

> “多么奇怪的名字。”我诧异。
>
> “是的。一次世界大战，空军深夜出击，恋人依依不舍之情在香水中表露出来，所以叫‘午夜飞行’。”
>
> ——《回南天》

她喜欢的女主角们，趿金色钉珠片拖鞋：

小小的台青穿衬衣短裤，一双金色钉珠片拖鞋曾令尹白羡慕良久。

——《七姐妹》

穿镂空金色高跟鞋：

第二天一早，我便起床找昨夜快乐的证据，在镂空金色高跟鞋中倒出细白的沙粒，证明一切不是幻觉。

——《壁人》

她喜欢的古董黑色大摺扇面上用金色描绘着大花：

书记宣布：“十八世纪西班牙摺扇一把，底价二千六百美元。”

那是一把黑色大摺扇，海龟扇骨，黑色麻纱镶面，难得的是百多年古物，一点破损也无，扇面上用金色描绘着大花。

——《竞投》

你再看十几年前《明报》为她拍下的珍贵的几张照片，她的家里白底配金棕色系的装修，简直金成一片……

原来，亦舒才是一个超爱金的女人。

4. 我们能让自己生活得更美好的途径里，最简单的一条就是让美好的东西环绕在身边。

蓝小姐渴望的家居风格是家徒四壁，而我恰恰相反，我渴望满坑满谷。因为我深信人变得美好的最简单的方式是你整天和美好的东西在一起。所以在每一样东西进入小公馆之前我都会问自己四个问题：

第一：是不是很美？

第二：会不会每天使用？

第三：有没有地方放置？

第四：能不能确定每天看到它都会很开心？

为什么一定要使用美的东西呢？因为一旦你做了这样的决定，你就不会把空间留给不美的东西。日本的美学老师加藤惠美子有两句名言：

（1）只购置美的物品。只要有此决心，东西就会减少。

（2）美感是可以一点点磨炼出来的。在这个磨炼过程中，可以让心灵充实，舒适地度过心情激动而美丽的每一天。

善待自己，善待家人，在能力范围之内，享受最美好的生活，这大概就是努力工作的真义了。

我梦想中属于自己的小空间，就是和自己喜欢的东西待在一起，有音乐，有书，有画，有植物，有满箱的酒，有触感温柔的真丝和八百织的床品，

我最喜欢的卧室的五斗柜一角，金色的镜子和口红架以及小相框、首饰盒是美国买的Vintage（古着），烛台一个是以色列牌子 Michal Negrin（米哈·奈格林），一个是Tom Dixon（汤姆·迪克森）。

①这是我在香港买的一把刀，是整个店里最贵的开酒刀，牛角的将近四千一把，木头的不到三千，是法国的国刀。在阿维隆省奥布亥克高原中心一个约一千二百人的村庄，拥有全世界三十多家知名刀具生产商，生产统一的刀具 Ch. Laguiole，拿破仑很喜欢，当地人读作莱奥乐，有小教堂的意思。

②瑞典 835 银镂空高浮雕古董高腿果盘。买的时候是真的觉得有点贵，买回来之后觉得小巧细腻，每天看都觉得美貌无比，值了。

③英国 HAWS（好氏）是园艺界的老牌子，它家的洒水壶做得特别细致，后来我去泰国看到泰国的王太后用的也是 HAWS，不过是粉红色的，也是颗少女心啊……

④这只鳄鱼的放大镜是在香港连卡佛买的，做工极其细腻，一千来块钱的价格，相当之抵。

有光泽细腻轻盈可爱的饭碗……这些梦想，基本都实现了。

这些美好的品牌，美好的物件，有些人可能一出生就触手可及，对我，却是一个学习的过程。对于一个审美是零的人来说，慢慢培养对于美好物品的感知，并有幸去拥有它们，真是一个漫长而又愉快的过程。

学习让人愉快，拥有也让人愉快。

当然，最最愉快的是，我终于拥有了纯属于自己的私人空间。

我的朋友梁鸿博士一听到我即将入住自己的工作室立即发出浩叹："啊，在家附近有一个属于自己的小小工作室是我现在最大的梦想，被你实现了……"我们相视一笑，深为懂得这后面的艰难。

我喜欢和家人住在一起，但身为一个创作者，我当然明白拥有一个完全属于自己的工作空间，是一件多么重要又多么值得庆幸的事，特别是女性。

"每天都要努力把生活变得更美一点啊。"我对自己说，这可能是世界上最简单也最难以达成的愿望。

嗯，为了这个简单而艰难的目标，我们都各自加油吧。

为什么一定要使用美的东西呢?因为一旦你做了这样的决定,**你就不会把空间留给不美的东西。**

灯是人间第二个月亮

巴黎老酒店用两盏灯就让房间一下子生动起来。

“灯是人间第二个月亮”这句话是张小娴说的，我一直记在心里，因为我小时候见到的第一盏最漂亮的灯就是“月亮”，那是一盏乳白色的圆球状台灯，打开时真的好像月亮，有一圈温柔的黄光。这是舅舅送给我妈的礼物，我很喜欢，我妈说你长大了我就送给你，果然这盏灯现在依然在我家服役，不得不说上世纪八十年代中国的商品质量真是过关，一直用到如今。

我喜欢灯，但对于灯的审美完全是零。刚来广州的时候，同事到我家来委婉地建议，至少应该把日光灯管换一下，刚开始没明白为什么，后来才知道，原来灯光是调节家里气氛的功臣，想要有浪漫的情调，就得有灯。马上想起小时候我和我妈住在郊区的学校，大家都不讲究，不知道为什么我最爱去我妈的同事康老师家，现在明白了，是因为灯——康老师家不像别人家，屋子中间吊着一只孤零零的灯泡。他们家晚上不开大灯，只开两盏小灯，书桌上一盏台灯，沙发边上一盏红黑相间的落地灯，灯罩是一小圈一小圈花瓣样波浪边，散发着温柔浪漫的黄色光晕，让人一进她家门就觉得空气里突然有了莫名温暖的味道，立刻想看书想跳舞。这大概是我小资产阶级思想的源头。据说落地灯是康老师的爱人自己做的，用相机底片粘出来的灯罩，真是个手巧的男人啊，再配上也是他自己做的红色单人沙发，简直是一幅永不消逝的关于温暖关于家的美好图景。

有一次去巴黎，住在老酒店 Hotel des Boulevards（林荫大道酒店），小小的房间，只用两盏灯让整个房间都亮了起来。自此知道灯对一个家的魔力，难怪上帝说要有光。

我床边也有一盏灯，旧了，却一直留着。早些年玩微博，有一次在微博上抱怨自己书桌上都没有灯，结果有个粉丝要了我地址不由分说就寄了一盏过来，修长、全白、极简，上面还有用棉线绣成的花，非常漂亮。每晚睡前在此灯下阅读，都会深深感受到作为一个写作人的幸运，虽然纯粹的写作赚不到什么钱，但粉丝对你无条件的爱是坚持写下去的最大动力。

后来，我常去宜家买灯，家里四五盏灯都是在那里淘的，现在书桌上摆的就是宜家工作台灯。常有人说宜家专卖便宜货，但宜家有些东西还真是又便宜又好，比如那盏克劳比台灯，作为经典款应该也卖了几十年吧。全钢的底座和灯身，白色的三角形灯罩，陈丹青的《局部》（第一季）里，他画室用的就是这款灯，不禁有一种英雄所见略同的沾沾自喜。

最近刚刚从台湾抱回来一盏灯，这盏灯有个长长的故事。

到台北采访，跟着典婉姐去看一个小咖啡馆的小剧场演出，小剧场有很多场，我去看的那一场恰是同性恋者讲述自己的爱情故事，并且拍卖他们的爱情信物捐给慈善组织。其中一个男人的故事让我听了特别感动，他体型微胖，三十五岁，看上去只有二十五，一脸憨厚老实。身份是殡仪馆小开，家里蛮富有，从小一直很乖很听话，但读完大学工作很多年他都没有谈过恋爱。他也鼓起勇气去追过女孩，但不知道为什么每次都无功而返，他似乎也对此没有太大的动力。一直到三十多岁遇上一个读大学的男生，他才知道自己是同性恋，从此开始一场苦恋。大学男生教会了他恋爱，但也很花心，他就苦苦地等啊等啊，后来男生毕业去新店工作，他就在新店

粉丝送我的灯

瑞典二十世纪纯铜立体浮雕古董老灯

这是一盏好看的灯，黄铜座配绿色灯罩。我抱着这盏灯从台北到广州，看着它，我会想起那个憨厚的台北男人，想起所有情爱里那些痴恋，想起那些永不可得的痛苦。

租房子和他同居，每天开一小时车回台北上班。结果男孩还是劈腿了，于是他愤而把所有东西都搬走，抱着这盏灯回了台北。“每次看到这盏灯，就想起他，想起我们一起度过的这一年多……之所以想拍卖掉是想忘掉这一段感情，才有可能开始下一段恋爱。”他的脸上闪着莫衷一是的表情，甚至在拍卖的时候，还想把这灯给买回去……

有时真的要活生生地看到，才会相信这世上确实有这样痴情的人。可能是他的迟钝老实打动了我，我毫不犹豫地拍下了这盏灯，于他，是可以忘记某个人，于我，是提醒我，不可执着。

这是一盏好看的灯，黄铜座配绿色灯罩，民国戏里常见的那一款。我抱着这盏灯从台北到广州，本想替换克劳比，但因为插座和电压不匹配，灯一直亮不了，于是我把它摆在书柜的上方，看着它，我会想起那个憨厚的台北男人，想起所有情爱里那些痴恋，想起那些永不可得的痛苦。

也许永不可得就是人生的常态吧，永不可得，于是永放心上。

江湖夜雨十年灯，灯下里如烟往事，桃李春风一杯酒，相见不如怀念，一切都会过去。

买画记

四十岁之后，收入略高，购物转向了家具和画。

我并不懂画，至今搞不清印象派有几个代表人物，只是一直很喜欢画画，从小学开始，延续至今，还学过一段时间油画和一点水彩。

我买画是很无序和随性的，如果说有规则的话，我买画只有两个原则：一是喜欢，二是买得起。

喜欢的标准就是一看到就挪不动眼睛，买不到还老想着。

2015年，我在香港巴赛尔展览上，看到版画家冷冰川的一幅《夹竹桃》，立刻惊为天人。这是他张爱玲系列中的一幅，我站在画下徘徊了很久，内心呐喊着：好喜欢，天哪，我好喜欢啊。

张爱玲我喜欢，冷冰川我也喜欢，在很小很小的时候就看过冷冰川的画，那时我们的精神读物是《读者文摘》，他的画老是占据着封三。我一直以为冷冰川是一个老人，或者是个日本人，没想到那时他只是南通市工艺美术研究所的一名创作者，非常年轻。

上世纪八十年代，好像从天而降了许多天才，冷冰川是其中的一个，那样封闭的年代里竟然出现这样一个人，好像从野地里长出来的，有蓬勃的生命力和奇崛的想象。

那么多画张爱玲的，只有冷冰川把张爱玲的魂给画了出来，那旗袍上繁复细致的花纹，还有盛放的夹竹桃，是爱玲低回的美。我当时鼓起勇气去画廊询了价，十万港币一幅！真是买不起啊，咬牙切齿地心想，等老子有了钱一定要把它拿下拿下拿下。

事隔三年之后，托王恺的福找到冷冰川老师，一口气买了三幅。

姚远说你疯了么？我说我没疯，我知道版画升不了值，但我不是为了升值才去买画的，我是因为喜欢才买的。

第二个原则就是买得起，买画一定在自己的能力范围之内，如果贵到让我心惊肉跳，多喜欢我也不买了。

买画是为了怡情，为了让生活更美好，而不是陷入窘迫。所有影响生活质量让我焦虑的事，一概不做，这是我作为焦虑型人格小人物的生存之道。

有时候，实在买不起，我就买点衍生品，也算过了瘾。

有人问，一个艺术盲，怎么才能去买画呢？去哪里买呢？感觉买画是一件很遥远的事呢。好，下面就以一个艺术盲的身份来说说我的买画心得。

一、多逛博物馆、私人画廊，多关注微博甚至朋友圈。

扫一下他们的微信二维码，就接上头了。八年前，我想学画，认识了一个艺博馆画工笔的女画家林琳，她养猫，画金箔，生活令我好生羡慕。

从她那里求了一幅《桃花》回来。那时一个月才赚一万多块钱，花两千多块买幅画也是要咬点牙的，但这两千多现在来看，花得真值。这么多年过去了，《桃花》挂在哪里，哪里就是一片清丽的安然，我真是超爱中国工笔，让人看了心情特别宁静。

作者：林琳
作品名：《桃花》
尺寸：10cm × 10cm
画法：重彩工笔

林琳用的是最小的金版，不到一平方尺，工笔重染，上面是我要她题的字，“桃花难画，因要画得它静”，这是胡兰成在《今生今世》里的第一句。

二、喜欢的画家不妨一直跟着买下去。

因为生活在广州，所以我喜欢粤地的女画家作品，有南国的味道，画作中植物繁盛，生机盎然。

迄今为止，我买得最多的是黄薇的作品。

为什么喜欢黄薇，说来话长。

很早期的《城市画报》有一个情色栏目，用的是黄薇画的插图，那时哪里见过这个，顿觉惊艳！我觉得中国女性对于欲望总是讳莫如深，女画家永远在画花画猫，女人的欲望基本由男人在画，这怎么行，我的身体我做主，为啥女性不能自己表达自己？我人生中买的第一幅以万元为单位的大画就是黄薇的《夜色》，我们公众号“蓝小姐和黄小姐”的头像就是取自于此。

业内评价都说黄薇的画装饰性特别强，但我个人觉得她的画最大的魔力在于特别带感，百看不厌，任何一个部分都可以独立成图，细节之处细腻用心，足见她画画的功力。这一张是刚收的，非常性感，放在卧室里，名字叫《人参果》。

我的卧室基本色调是白与灰，开始还担心这幅画底色红得过分，但其实这个红色调十分耐看，挂上去之后，感觉整个卧室都亮了。

三、喜欢画家的画，就要真金白银支持。

如果你真心喜欢画家的画，就应该真金白银地支持，因为画家着实不

作者：黄薇
作品名：《人参果》
尺寸：80cm × 80cm
材质：布面丙烯

易，要创作，要思考，要生活，每一部成熟的作品背后，都有十数年的苦功做底，更有灵感与智慧加持。

其实你不是买一幅画，你是买了画家的一段时间，一段生命，一个灵感四射的瞬间。

就像给喜欢的公号打赏一样，如果喜欢你都不支持，这个行业就会越来越萎缩，慢慢地你也就看不到喜欢的画喜欢的文章了。所以只要在能力范围之内，我一定支持画家，让他们过得好，你也就可以看到更多更好的作品了，这不是双赢的事么。

钟庆是我的朋友孙帅哥的朋友，有一天孙帅哥的美丽太太骆兰晒了一张工笔重彩的局部，是在宋画上添加泡泡，我觉得挺好玩，马上就央求孙帅哥带路，和蓝小姐杀到了钟庆在小洲村的画室。钟庆的画很有禅意，他画的空山明月下的猴子，特别特别有灵气。

我买了这幅——《习古新趣之生灵》，有种将破未破时的危险在里面，一下子就生动了。

四、最后来说说，我们为什么要买画？

1. 买画就是买你喜欢的小磁场

以前我也在淘宝上买过印刷画，也买过三百多块钱的大芬村的油画，感觉还是不一样。

印刷品只是一个大致的描摹，仿作起心动念就很焦躁，真迹里却有作者的真心，你可以看到笔触，看到颜料摩擦过绢纸的痕迹，甚至还看得到创作者在创作时的心境……后来我终于有机缘收藏冷冰川的一幅真迹，叫《碗来》，隔得近你能看到他用刀时的轻重，那时轻时重的线条，还有未曾完全清除的纸屑，以及对于点的处理……一瞬间，得以和作者时空相会，此中妙处，无法与人言。

往玄里说，画本身就是一个带着信息量的小磁场，你喜欢证明跟你气场合，这就是养心——如果你看着这幅画心里就很高兴，你能感受创作者的能量，这比保温壶里的枸杞茶对你的灵魂要滋养得多。

作者：钟庆
作品名：《习古新趣之生灵》
尺寸：90cm × 100cm
画法：工笔重彩

2. 买画就是支持喜欢的创作者过更好的生活

文化人需要吃饭，吃饱了饭才能画画写作，出力支持他们过更好的生活，他好，你更好。

看过一篇文章，说日本有一个出名的收藏家，叫宫津大辅，他只是个工薪阶层，却收藏了三百多件名家作品，不乏草间弥生、奈良美智、蔡国强这样的大师作品，他说只要你真心热爱真善美，人生就会美好起来。

二十年里，他在画展上靠自己的眼光，用每件不超过十万日元（相当于六千多人民币）的价格，在这些艺术家未成名之前就买下了他们的作品，以至于美术馆开个人回顾展时也要找他借画。

由此可见，买画靠的是眼力，也由此可见，国际市场上的艺术品其实并不贵，万元以下是普通艺术品的价格。但在中国的市场里，有时画廊定价太高，这让买者有心无力，让卖者也难有出路。

买了这么多画，真心希望画廊可以标一个合理的价格，也真心希望我们普通人可以把买画当成一种消费习惯，这将是一件多么好的事。一方面巨量的购买会大大地改善艺术家的生存状态，另外一方面普通人的生活会因为艺术的加入而变得更加快乐。

3. 买画就是亲近你的内心

我的朋友关关说："我现在到别人家里，看到这家人墙上既没有挂一张画，柜子里也没有一本书，就会觉得此人不可交。"

作者：陆梅
作品名：《写稿的女子》
尺寸：40cm×60cm
画法：水墨水彩

陆梅就真是老朋友了，她是美院服装专业毕业的，画得一手佻达摩登美人。十多年前，我在杂志写专栏的时候，她就给我配画，那时她是外企白领，一边上班一边画画，纯粹是业余兴趣。

再次相遇是十几年后，大家境遇各异，我极力鼓动她别再上班了，以画画为生，三年以后，她终于开始专职画画。

这次搬工作室，我想无论如何，得要有一张她的画作为友谊的见证，于是买下这张。在我看来，陆梅画民国女子真是无出其右，她画出了民国女人的神韵，那种优雅，那种女人味，隔着纸你都能闻到空气里的香气……

这话说得有点绝对，但也不无道理，如果一个人既不爱美，又不爱智慧，那作为朋友的价值就很有限，内心荒芜的人不值得交往。

人生短暂，爱艺术是最直接最快捷的让人生愉悦的路径，为什么呢？

因为它让你学会善待自己。

作家龙应台有一句话说得很妙：文化艺术使孤立的个人，打开深锁自己的门，走出去，找到同类。他发现，他的经验不是孤立的，而是共同的集体的经验，他的痛苦和喜悦，是一种可以与人分享的痛苦和喜悦。孤立的个人因而产生归属感。

是的，我们普通人也可以爱艺术，艺术盲也可以买画。你无须是巨富，也无须进出拍卖场，如果一张画深深地打动了你，那就是属于你的艺术，值钱不值钱跟你没有关系，只要你喜欢就好——因为艺术从来不会辜负任何人，当你站在它的面前，你就会沐浴在欢喜的磁场里，你会深深被某种东西拥抱，发觉自己并不孤独，这世界总有灵魂与我们同在。

买画吧，路途遥远，艰难孤寂，让画陪伴你，慰藉你，让美好常伴左右。

世界爱你，以艺术。

这张 120cm × 100cm 的《夜色》是我的最爱，工作室的一切都因它而展开，也是一切生活的最美背景。

女作家的书桌

我特别喜欢逛家居店，家居用品里又最喜欢看书桌。

最近一次是在一家美式家居店的书桌前发呆，坐了起码十分钟，幻想自己将来如果有这么一张巨大的胡桃木实木书桌，全套真皮文具，迎面又正对着摩天大楼的街景，说不定还真能写出一部伟大的作品。后来小小地盘算了一下要置办这么一套行头，得好几万，而且还得要有一个能放下这么一张书桌的书房，再加上能和书房配套的房子，还要正对摩天大楼，这种地段的房子无一不是天文数字，只得怏怏离开了。同行的张欣老师叹了口气：谁说作家没有成本，书桌就是我们的成本。当然朱天文也说过类似的话，她说书桌是我们安身立命的所在。

一个写作的人，一天起码有四五个小时是趴在书桌上，所以书桌真是特别重要的搵食架生（粤语，指谋生工具）。我特别喜欢研究作家们的书桌，因为那是最接近他们内心世界的一个道场。

写《纯真年代》的美国女作家伊迪丝·华顿，书桌就是床上用餐的小餐台。她穿着丝绸睡衣，躺在丝绸大床上，抱着爱犬写作。写完的稿纸四散床上，女仆会来收拾整理，交给秘书打字。她书里那些幽暗闪光的贵族往事就在这张香艳的大床上诞生，也真是调性颇合。而海明威的书桌就摆在他迈阿密房子的中间，桌上只放着一台打字机，抬头就可以看见蓝色的泳池，我怀疑他后期写不出作品也是因为这个，这样人来人往的空间，怎么有心情枯坐打字——据我所知，大部分的作家更喜欢小房间，因为“要聚气，不泄气”。

而我心目中的梦想书桌是英国的美食女作家奈洁拉·劳森的书桌，姑且不论她写得如何，只说书房里那全套英式家具（毕竟老爸是英国前财相），黑色圆脚大书桌、雕着猫头的白色棉布台灯，地下摆满了书和唱片、鲜花，着实让人艳羡。坐在这么美丽丰富的空间里，应该有写不完的字吧。当然，也有极简版的，简·奥斯汀的书桌就异常简陋，是一张磨得破了漆的十六角小方桌，一把藤椅，一支羽毛笔。据说那个时代的女人是没资格写作的，一有人来，就得把手稿藏起来，装作什么事也没有发生。

我完全不能理解为什么简能在那么小的书桌上写稿，在我的想象里，书桌总得放得下一台电脑、一盏台灯、一只喝水的杯子和几本书吧，当然书桌也不是越大越好，有一次我参观一个写作爱好者的家，书桌用的是名贵的梨花木，长度有好几丈，简直可以在上面遛狗，但他也并没有在昂贵的书桌上写出什么好东西来。书桌大有大的好，小有小的妙，但书桌的大小往往预示着写作在你生活中的比重。我记得很多年前有个朋友携眷来看我，那时她正红，在网上写连载小说，她看了我的大桌子，气呼呼地对她的新婚老公说，你看，人家的桌子这么大，我们家我连一张书桌都没有！

后来生了两个小孩之后，果然她就没有再写了，这让我觉得很伤感，毕竟她那么有才，但最近我听说她离婚了，突然又为她高兴起来，离得好！一个不支持老婆事业的男人根本就不值得爱嘛。前两天她告诉我她搬新家了，我打算去那家美式家居店买一只桃花木小书桌相赠，说不定她可以重新开始写作，那我也算是间接为中国的文学事业做出一点贡献了……

黄小姐

美好的厨房

第二章

饭局指南

人生乐趣里，有一项是饭局。

长期在家工作，吃饭对于我来说，就是一种休息。写完一天稿，心闷人累，去外面透一下气，和朋友们聊会儿天，也是一种缓冲。因为彼此关系亲近，即使我整个饭局一直发呆，他们也不奇怪。看着多年的朋友说说笑笑，插科打诨，感觉像置身于一个温暖的水池子里，掏空了的自己像回了血，瞬间就恢复了元气。

对于饭局，我的要求只有三个字：不要吵。

年轻的时候，喜欢去热闹的菜馆，大火腾腾地吃，汗流浃背地喝，人越多越开心。现在真的受不了那种嘈杂，要扯起嗓子喊才能被人听到，要尖起耳朵听才能听到对面人在说什么，一顿饭下来，简直全身功力尽废，经脉断绝，这种地方是请我也不去。饭店的包间也许能安静一些，但最主要是隔音要做得好。有一次在巴黎吃一家热门的馆子，桌子和桌子紧挨着，但人和人之间还是可以悄声说话，其他桌的人也不会受到干扰。我问过一个建筑师原因，他说是因为地毯和墙都选用了吸音材料，当然造价也会更高，但是给顾客营造一个美好的就餐氛围，这和提供高品质美食同等重要。

另外一个选择就是在私厨吃，既不会吵，口味又特别，这就需要一间清静的房子和一个会做饭的厨师。我见过有富豪朋友在城中专门建一私厨，也营业，但主要目的是招待朋友。春天椿上市了，秋天蟹肥了，每当有时令菜上市的时候，就会专门组织一次饭局，呼朋唤友上他的馆子吃饭，这当然要有足够的经济实力，毕竟好的厨子和好的食材是真正难得的。

平常人最可行的是家宴，但现代社会公寓浅窄，朋友上门难免影响家人生活。我见过的最好的处理方式就是我的朋友王能干，她业余时间最爱做菜，平时经常请朋友来她家吃饭（话说这个爱好也真是太高尚了）。为了实现梦想，她把自己用来出租的望江公寓收了回来，专门用来做饭，一周拟一次菜单，请朋友（主要是闺密）来吃。你只需拎一瓶酒上门，大家坐定，鉴定一下王能干最近的手艺有没有进步，夸她一番，再把酒言欢，畅所欲言，完全不用考虑时间。因为是住家，想聊多久聊多久，这让我想起从前中国人之间的饭局，暮春之际，草长莺飞之时，选一个天朗气清惠风和畅的天气，三五知己出门到一山清水秀之处，茂林修竹，清流激湍，列坐其次，喝喝酒说说话吃吃菜，“畅叙幽情”，“仰观宇宙之大，俯察品类之盛，所以游目骋怀，足以极视听之娱，信可乐也”。

谁能想到呢，一千多年前的中式饭局的盛况已再难发生，一是茂林修竹之处难寻，二是能一起喝酒畅谈心事的人难寻，大家都好忙，而且，这年头敞开心扉是件多难的事啊……有钱还得有闲，有闲还得有心。现代社会的大部分男人是真没有心情去溪边喝酒吃饭了，公司要上市的男人要吃应酬饭，朝九晚五的男人养家糊口压力山大，倒是女人们有心有力，和风畅怀之际愿意享受生活。女人确实是更贴近自然的生物，在王能干家喝酒吃饭的时候，我突然觉得做现代女人还真是挺幸福的。

爱家宴的人都会注意碗碟。我最喜欢的一套碗碟是我在香港海港城买的这一套画满果蔬的碗与盘子，六只碗八百四十港币，十分质朴大方。这个牌子是日本 Noritake（则武），是世界三大瓷器之一，日本皇室御用，尤以镶金出名，但我觉得镶金的还不如这个大方可爱。

作为一个工具控

泰国文华酒店的工具盘简直是我的心水。

我是个工具控，喜欢一切设计精巧的工具：刀子、剪刀、红酒开瓶器、螺丝刀、园艺器具、油画工具……只要是生活里会用到的器具，我会第一时间把它们收齐。

比如我是个写稿佬，百分之八十的时间是在书桌前打电脑看手机，所以我的手机和电脑永远用的是最新的，坏了马上买新的。所谓工欲善其事，必先利其器，靠这个赚钱，不用好的怎么行。

我酷爱逛淘宝的文具店，隔一段时间就买一堆东西回来试用，笔啊小贴纸啊回形针啊订书机啊……要说起这些东西，还是日本的小店备货全，各种风格的都有，公主风、卡哇伊风、MUJI（无印良品）风，放在小格格里，有一种万事齐备于我的安全的美。

所有的文具里，使用率最高的无疑是美工刀，美工刀最有名的牌子是OLFA（爱利华），所谓的“展现切割之美”。至于剪刀，更是我的心头好，用过的剪刀没有五十把也有三十把了，小剪刀中国制造的其实都挺好，张小泉啊十八子啊，性价比高，但就是不够耐用和精致。和欧洲的小银剪相比，那些剪刀非常维多利亚，让人想起简·奥斯汀式的英国乡村生活。但真正对剪子珍而重之，还得说是日本人，他们有各种各样关于剪刀的流派以及大师，我想大概因为日本人喜欢花道，花道需要花剪、修枝剪、铁丝剪、小枝切剪……当然还有一种极贵的剪刀是剪发剪，好的剪发剪起码人民币一两万起，十几万更不在话下。据说日本做天价剪发剪的大师一年会来中国一次，把卖出去的剪刀收回重新上油打磨，相当于终身保修的意思，这种珍重自己手艺的仪式感确实令人感动。

有很多理发师傅收藏剪子，身家有一大半用在剪子上。我的发型师权哥就很看不起这种行为，他说好的理发师用一把剪子就够了，这倒也是，跟摄影师一样，那些讲究器材的人往往是拍不好的。布列松只用一个相机一只镜头（35mm 平视取景徕卡相机，镜头 50mmF2），不是照样也拍出了震惊世界的“决定性瞬间”。但人就是这样，在成就暂时达不到伟大的时候，买一些伟大的器材来给自己加油补气，这是一种潜意识里的渴望。

当然工具最直接的用途是能给人干活时增添美好的心情，比如我喜欢种花，园艺工具当然不可或缺，宽铲、窄铲、两用锄、五齿耙、洒水壶……越齐越好。但以前种花浇水很粗暴，只求速度快，但自从我买了一套 HAWS(好氏)用品，顿时觉得种花浇水也是一种享受，HAWS 是个英国牌子，很女人很小资，尤其它一百三十年都专注做洒水壶，壶身壶嘴的设计简直像艺术品，漂亮之余，黄铜花洒洒出的水之温柔与舒展，让浇水也成了令人享受的事。

厨房就更加是工具的天下，各种锅，各种碟，各种家伙，各种刀……我有一个朋友曾收到一只成田理俊的铁锅,高兴得心花怒放,铁锅又薄又轻，手工打造，当然不一样，可是价钱也很可观。我对于厨艺没研究，只知道趁友谊商店打折买了全套双立人，不得不说，双立人刀子之锋利，真是超出预期……

朋友每到我家，都会发现我收集的工具异常齐全，连灭烛器都有四种，

这是我在伦敦牛津大学附近的一家中古店买的两把裁纸刀，一把纯钢，一把是玛瑙；一把刚健，一把娟秀。所谓雌雄双刀，大概是这样。

有些人还会怀疑我的性向，其实喜欢工具真的不分男女，大概我们都好中意那种创造新世界的感觉。有一次，我一个人把宜家的一只大柜子给装好了，装好的那一刻，有一种无比自豪的成就感。

工具最大的功能还是能帮助你超越自我。比如我原以为我这一辈子都学不会用电钻，这是男人干的活，但有天要装帘子，万万没料到那天打了无数电话都叫不到人，一气之下，我干脆自己买了一个电钻，仔细阅读说明书，克服恐惧，一小时不到，妥妥地打出了十几个孔，并且妥妥地装上膨胀螺丝，把四张竹帘子妥妥地挂了起来。搞定这件事情的那一瞬间，我突然深深地觉得自己长大了，我终于可以不把期望放在别人身上了，原来你以为你不可能完成的任务，其实是你对自己的偏见。

人到四十，才终于和内心那个不肯长大的娇气懦弱的小女孩告别，而且是用一把电钻，这也算是喜欢收集工具的我获得的最大福利吧。

1956年,OLFA CORPORATION（爱利华）创办人冈田良男先生发明了世界上第一把折刃式美工刀，灵感来自条式巧克力的折断与锐利的碎玻璃，而冈田良男为刀片设计的长度宽度和角度也成为世界上美工刀的标准。你现在在文具店看到的可以收进去的美工刀都是仿造自他家，但中国的美工刀有一个不好的地方就是太薄，如果过薄过长就会易折，用力之下容易伤到人。所以我现在用的这一款是极简版，刀片斜长而且短，厚度也够，给了我很大的安全感，这样无论多用力都不用怕刀片会突然折断。另外双立人的刀子也真是吹毛断发，每次用它的小刀切水果，必须小心又小心，当然切菜是很省力，价格也适中，是普通人比较好的厨具选择吧。

我爱湖南菜

到广州已经快二十年了，从吃不惯淡而无味的粤菜，到能品出今天大虾里的甘甜几何，这一过程也算是血泪斑斑。

我最爱点的三道湖南小菜分别是：青辣椒炒油渣、米豆腐、米汤白菜。

都是便宜菜，但也是衡量一个湖南菜馆是否道地的金线，当然这跟厨师很有关系，如果实在拿不准一个湘菜馆的手艺，我的意见是先点一碗小炒肉，手艺好不好，一吃就知道。

上次听一个做餐饮的人说，在广州做餐饮太难了，没有实力没有真本领，在广州根本混不下去，所以能在广州开下去的湘菜馆都有两把刷子。十年前在五羊新城明月路附近找到一家酒楼，很没气质的装修，据说是衡阳人开的，一看菜单，我就兴奋了，全是地道湖南菜，鸡蛋爆炒猪肝之类。最喜欢的是清水白菜苔，居然是一个大火锅，里面浮着碧绿的白菜苔和焦黄的油渣肉片，翠绿与浓香，绝对正宗。

我很少想念家乡，但好想念湘菜，几乎每隔一段时间就要去吃一顿地道的湘菜，只能说乡愁都埋在味蕾里。在广州，从洞庭土菜馆吃到湘村馆再到红辣椒湘岳楼佬湘楼……吃的方法是盯着一个地方吃，吃到腻为止。回长沙已经吃不惯旺火猛炒，到第二天准拉肚子。但作为一个湖南人，最饿的时分，想念的还是湖南的一碗米粉，因为广州没有做得那么薄那么有米味的米粉，回长沙第一时间就要光顾遍地都是的米粉馆，便宜，佐料、辣椒、榨菜、腌菜随你加，辣得浑身出汗了，就知道回家了。

央视的《舌尖上的中国》节目组在长沙只去了著名的火宫殿，被吃在长沙的老饕们狠狠地耻笑了一番。真正的长沙食客其实是不大去著名的火宫殿的,那闻名天下的臭干子,其实哪一个小巷子的摊子都比火宫殿的好吃。真正的长沙味道就埋在这些随处可见的小馆子里，在那些脆爽的长沙老板娘手里，基本上每一个小馆子的出品都颇见得人。最让人震惊的是我那位号称长沙食客的朋友，有一次去深山徒步，到了一户农家，给了几十块钱，那利索的农妇在菜园扯了几兜绿油油的蕹菜、几把喷香的小绿葱、十来只辣椒和一把紫苏，再拿出鸡蛋鱼干腊肉，三下两下炒了一桌菜，也好吃得不得了，朋友深刻地总结了一下：“在长沙炒不得一手好菜的是没办法当主妇的。”

长沙人衡量一个女人贤良的标准是能不能在半个小时内炒出一桌小菜。那些小菜倒真是小菜，永远是青辣椒炒猪油渣、大蒜辣椒炒蕹菜梗子、紫苏爆鱼楞子这些上不得台面的下脚料，但被精明能干的湖南女人配上辣椒大蒜猛火一烹，即时炒成了飞辣的下饭菜。那是小门小户依然要尽力过得热热闹闹的感觉，不是美的、雅的，但却是扎实的、霸蛮的、筋道的——那更像是湖南人的生活真谛，人生再难，也要有一碗飞辣的小菜垫底，再狠狠地吃两碗白米饭，再难的日子也能笑嘻嘻地扛下去。

湖南米粉要选真正的米浆磨的，才会薄以及入味。我印象里最好吃的米粉还是高中的时候学校隔壁那间黑乎乎的老米粉店，起码开了十几年了，葱香椒油，人头涌动，灶头上永远晾着刚磨出来的粉皮，让人觉得再冷的冬天也有了一丝暖意。

拿什么拯救三餐不继的女作家

三餐不继，其实主要还是缺钱缺生活经验。诚挚地推荐洗碗机（西门子、方太都挺好），把你从油腻中解放出来，碗盘晶晶亮之余，还能消灭中国人常会感染的幽门螺杆菌，我的朋友朱虹说这对中国人的生活有着革命性的意义。

我的朋友 A 小姐，是个作家。

A 小姐的散文写得美，人也长得漂亮，为人又极好，仁义厚道热情善良，是一个几乎挑不出什么毛病的人。她唯一的缺点就是不会做家务，当然她也不热衷做家务。以前是不需要，因为 A 小姐的妈妈是一个又能干又热情的人，里里外外一把手，所以根本不需要她出手，连孩子都是妈妈帮她带。A 小姐继续琴棋书画的生活，倒逍遥快乐，但不幸的是，前几年 A 小姐的妈妈去世了，按照中国男人不做家务的婚姻传统，A 小姐不得不担负起大部分的家务以及照顾孩子的职责。这几年 A 小姐过着三餐不继的生活，有上顿没下顿，经常是到了十二点一家人还不知道吃什么，实在不行就去楼下东北饺子馆吃一顿。长此以往，怎么行呢？ “为什么不能自己学着做点家务呢……”一开始我还有点腹诽，但是有一个暑假，我爸妈回乡省亲，中间有二十天的时间我要一个人生活，这二十天让我深刻地发现原来我比 A 小姐逊多了，我不但三餐不继，而且还时时处在崩溃当中。尤其比 A 小姐还惨的是，我家楼下没有东北饺子馆，因为天热懒得出门，我连续好几天一天只吃一顿（我发现，如果你不从事体力活动，一天只吃一顿也是并不饿的）。

其实最主要的原因是中国人做饭实在太浪费时间，按照传统的做菜方法，要做好一日三顿饭，至少得花四五个小时，买菜总得一个小时吧，淘米做饭洗切炒炖每顿至少得一个小时，有时感觉自己刚刚坐下，刚刚培养了情绪进入了写作状态，正准备下笔千言之时，一看表时间已经十一点半了，已经是准备午餐的时间了。再加上如果是一个人，吃得其实很少，简直觉得这饭不吃也罢，毕竟饭常有，而灵感不常有。

一个人还好，因为大不了饿着，但如果你还要负担一个家，要照顾一个孩子，那你一定会崩溃。孩子天天眼巴巴地看着你，不做也得做啊，所以后来我明智地带着孩子出去旅游了十天，一方面是为了开眼界，最重要的目的还是把我从无限的做饭家务中解脱出来，让孩子和我三餐都有继。

当然也有那写作和做家务两不误的天才，我的朋友C小姐，她一年写三个长篇，光是卖版权就应该也收入上千万了，但人家居然每天把家里擦得晶晶亮，做各种好吃的。据她说她做饭炒菜的时候就是脑子休息放松的时候。我只能说C小姐的丈夫特别有福气，他就撞上了把家务当成爱好的人，这种人大概一万个人里也没有一个吧。

我的朋友D小姐和我们一样不喜欢做家务，她选择了一条更简单的路，这么多年她一直都请一个贴心靠谱的本地保姆，每天早上来，带好菜，打扫好房间，然后准备好她中午的饭。两个人吃中饭后，保姆回家，她继续写稿。晚饭要么中午时备好，要么外出吃，“我自己不喜欢干，但我可以请人干啊，反正我们要把自己的生活支持系统搞得很结实啊。”

但C小姐不赞同，作为家务小能手，她觉得没必要请保姆：“其实做家务费不了太多时间，就是要安排好。比如你想明天早上做木耳面，中午香菇汤，晚上喝莲子粥，那么今晚看电视的时候你就把莲子给剥出芯，睡觉之前抓一把木耳和香菇浸水里，第二天轻轻松松就把三餐做好了……”

后来我发现我根本实现不了，你让我晚上记得发木耳，可是看着书我就昏睡过去了，哪里还记得这么多……我的心就不在发木耳上面，怎么可能在第二天早上煮出一碗木耳面呢？

你看，生活是多么艰难，有人写作家务两不误，有人笨到三餐不继。我倒不觉得写作就比做家务高级，从某种意义上来说，用心做家务和用心写稿都是一种职业精神，唯一的问题在于，有些人可以花开两朵，有些人则一心不能二用，我和A小姐这样的人，恐怕只能向D小姐学习，努力赚钱，争取把生活支持系统搞得完善一点……

D小姐为了教育我们，特地请我们吃了一顿饭，她的一句话惊醒梦中人：不是有钱就能解决一切，而是人要真正地意识到你的人生要靠你自己，不存任何幻想，踏实地学，踏实地干，像排地雷一样一点一点解决问题。请保姆也需要实力啊，金钱实力与家务实力，你都拿得起放得下才不会怵，你什么都不会，保姆也看不起你也会欺负你……

是啊，活着就是一种修行，不在家务里修行，就在赚钱里修行，不断与自己天性里的懒惰和孱弱做斗争，在这苦斗里，生出一些恒久稳定的力量——那三餐有继、饱暖洁净的生活不但可以保护你，而且也帮助了你，在长久的修行里，你最后终于成为一个能为自己负责的人。

到香港吃吃吃

每次去香港最爱去的还是太平馆，九龙和铜锣湾白沙道都常去，吃一碗咸恰牛舌，再看一眼巨大的梳乎厘，顿时心满意足，如果时间实在太赶，最差的选择就是去虎洞吃一碗面。

有一年香港餐饮界闹得不可开交，原因是《米其林红色指南2009》把全港唯一的三星评级授给了名不见经传的四季酒店中餐厅“龙景轩”。这一不懂行的选择受到香港食家的猛烈抨击，因为入选的既不是香港人引以为傲的茶餐厅，甚至也不是富豪食堂“镛记”，自家的好东西外人不懂欣赏，饮食达人们自然大光其火，一番比较分析之后，得出米其林也不过如此的结论。

确实米其林也不过如此，好不好吃，每个人都有自己的名单。蔡澜曾经写过香港的好餐厅，吃海鲜要去鲤鱼门和西贡，流浮山可惜太远，想吃个痛快还得去鸭脷洲的柏记。早茶是陆羽，粥店是生记，牛腩去九记，奶茶到金凤，云吞和炒河粉去何洪记，潮州菜去九龙城的创发，打边炉去方荣记，杭州菜是九龙的天香楼，北京菜是鹿鸣春，好的意大利菜馆是Da Domenico，法国菜馆是GADDI'S（吉地士）。

香港是名副其实的美食天堂，从前外国人长驻香港，常用的理由是香港的东西好吃。我最近几年去香港，吃居然成了首要目的，无论如何也得去太平馆吃个咸恰牛舌才算了断自己的相思，实在不行吃碗九记的牛腩也算不虚此行。

还记得十来年前我们去香港会自备方便面，住五星级酒店却吃方便面，可谓世界奇观。不过也可理解，大陆的面才两块一碗，在香港已卖到二十三十，你说贵不贵？如今拜人民币升值物价高涨所赐，北京上海稍微有点名气的馆子，人均至少一百二百多，这种价格就和香港几乎持平。前几天我在旺角一家出名好吃装修精致的上海小馆前看到人头涌动，一看，双人情侣晚餐才三百多，真是平过广州。

香港的东西好吃，有人说是广东人好吃的缘故，也有人说是大量民国时期的权贵巨贾纷纷南下落脚香港，他们带来的厨子、吃法、经验与广东人本身的美食传统撞出火花。不管原因是什么，总之在香港能吃到大中华地区最道地的各地料理。最诡异的是同一个品牌香港出品就明显要好过内地，最典型就是许留山，广州也有，可味道远逊于香港，是原料不同还是厨子手艺问题，抑或是做的人用心程度不一样？

我想还是行业传统的问题，香港人一直秉持“货真价实，童叟无欺”的经营传统，在香港，评价一家小店的标准是店前排队的人龙，“小店出品，数量有限，卖完即止，明日请早”，美食面前人人平等。有八卦杂志拍到梁朝伟挤在中环一间专卖云吞面的小店吃得满头大汗，这家叫“麦奀记”的小面店以面质弹牙、云吞料足驰名，就算是贵为一代影帝，一样也大汗淋漓挤在人群里和中环白领搭台。

香港人心目中的美食就是美食，味美地道是香港人的最高标准，环境好不好是细枝末节，甚至有时候环境不好也成了一种风格。就像魏晋时代的名士，就连“脏”也成了他的一种标签和美德。这种纯中国式的审美思维方式米其林如何能懂，所以香港的地道菜馆或街边鱼蛋档入不了米其林的法眼，也在意料之中。

而最有趣的是香港食肆里的那些敬业的大婶老太，好多年前在著名的翠华茶餐厅吃鱼蛋，店面狭小，且由一位七十来岁的老太太跑堂。我怕老人家摔着，赶紧上前去接，老太太怒视了我一下，意思是我不用你扶呀怎么着瞧不起我啊我不老啊我只是偶然失误……也许，真正敬业的食品从业者就是这样，不光对客人殷勤备至，更有底线有自尊，于是遭遇怒睥的我，一时间竟深深感动，将鱼蛋一口吞下，决定下次还来。

倪匡和金庸们的广式饭局

间中要去趟香港，如果可以挑，一般会选住在中环。

我记得第一次去中环时住在兰桂坊附近一家老酒店，的士在旧街巷里穿来穿去，我从未见过那么陡那么窄的小街，直上直下，晕眩之余，望得到远处一线天的海。

中环向来以昂贵出名，但恰恰又是中环，拥有最地道的港式味道和绵延的市民气。古老的街道里是卖云吞面、清汤牛腩、花和水果的小店，住在半山豪宅里的人们常常下到士丹利街附近买菜，如果起得早，运气好时碰得到林青霞和钟楚红。如果还想更生活化，走几步路就到了上环，周慧敏与倪震就住在这。在上环我吃过此生最好吃的猪排，在一家全都是老太太的小店。

威灵顿街有光芒万丈的镛记，对面常常会有一些形迹可疑的人呆立不走。那是八卦杂志的狗仔队，某天实在没得拍了，他们就会躲在镛记的对面，因为总会等到某某明星某某名人去镛记买烧鹅的场景。镛记门口永远人头涌动，等位票发到六十几桌，真的要等可是要了老命。其实吃过镛记的菜也就那样，和广州酒家差不多，追求的最高境界不过是原料要好要新鲜，“鱼有鱼味，肉有肉味”，是广东人对菜式的最高评价。

对我来说，镛记还有别的意义，每次走过那个巨大的招牌时，心里总会淡淡地飘过一句话，这可是金庸倪匡们常来开饭的地方呀。文人们的饭局通常要订好台，最好能有个房间，可以自在抽个烟。都是平时来往惯了熟得不能再熟的饭搭子，谈工作是不受欢迎的，最好是话家常，好玩一些的便开始相互嘲讽对骂。当查太太抱怨疯狂妹妹仔粉丝一手把她推开了，抱住自己老公照相，气得七窍生烟时，查先生（金庸原姓查）就安静地说："幸好都是漂亮青春的女Fans哩，要是走来个男Fans抱着我的话，七窍生烟的就是我了！"

其实说起来，金庸倪匡们都是1948年以后南来的江浙人，可是来了香港也就免不了入乡随俗成为广式饭局的一分子。

广式酒楼有三个特点，一是挤二是吵三是平常心，好吃的店里通常都挤满了人，再出名的地方价钱也永远贵不到哪里去。广东人天生对巨大空洞的事物有一种排斥，对于任何东西的最高评价都是一个字"抵"（值得），"抵食、抵买、抵玩"，甚至女人，一定要"抵锡"，面子是要的，但里子更重要，至于冤大头，那是绝对不肯当的。

酒楼里也卖酒，但通常贵，于是张三请客，李四就会知趣地带酒，酒楼也只会象征性地收个开瓶费。所以广东人有提酒赴局的传统，有一年杜琪峰生日，刘青云、张家辉等男性老友一水的都是拎好酒赴宴。最好的结局是当夜喝完了事。

广式饭局也不太兴劝酒，斗酒就更不会，那是北方人的文化。喜欢喝就多喝一点，量浅就少喝一点。通常是洋酒和香槟还要加冰，因为南方天气燠热，高度白酒是不受欢迎的。广东人最爱喝的白酒是本地产的九江双蒸，其实是米酒，但底线是，无论如何，带来的酒必须是好喝的酒，饭局里可

广东人喜欢喝早茶，一是出于聊天聚会的习俗，另外也是因为丰俭由人，任何大酒店的早茶你都是能吃得起的。多有多点，少有少点，一盅两件（指一杯茶和两碟点心），你也总归是埋得起单的。可以坐上很长时间，吹水聊天，感受世俗的沸腾生活。

我最常去文华东方的中餐厅和丽思卡尔顿的丽轩，一方面是喜欢英资酒店的文化味，二是熟悉，唯一的问题是周六周日中午根本订不到位，大家都是懂行的人。

不都是自己人么?

酒楼里人永远那么多，于是搭台便成为常事，不相干的人坐在一桌居然也各不相碍。有一次在中环莲香楼喝早茶，和一帮七老八十的老头搭了个台，听他们聊天，有一种今夕何夕的感觉，似乎一下子就穿越到八九十年前的民国。那些人身上有一种纯朴的道义以及某种讲究的忠厚——打粥的时候有人傻乎乎地想插队，打粥的阿婶就不理他，排队的阿伯立马上前主持正义，“你应该排队”……世界突然就在一家酒楼里清明起来，有一种凡事都应讲规矩不可投机取巧的安心感。

在出名的广式酒楼吃饭，你总会怀疑旁边就坐着倪匡或者金庸，一是因为他们也真的常来，二是因为个个食客都一副宠辱不惊高深莫测的样子。就在那一次我排队等粥时听旁边的人聊天，有个阿伯用广东话慢悠悠地对同桌的人说：有开心的事呢，很容易过去，不开心的事呢，也很快过去，所以不需要心急，都会过去……

哗，那一瞬间真是如醍醐灌顶，兰庭雷音，是的是的，开心或者不开心都会过去的，正因为知道都会过去，所以饭还是要吃的，酒还是要喝的，人生还是要过的。

不需心急，慢慢过吧。

“有食缘”是香港饮食名家黄双如开的一家杂货店，一进门，满墙都是巨大的花胶，象征着广东人对丰厚富足生活的喜悦心情。

喝克鲁格的女人

卧室飘台小桌上的 Villeroy&Boch（德国唯宝）水晶香槟杯，一杯香槟解千愁。

到近几年才爱上喝酒。

以前对于喝酒有一种莫名的厌恶，大概是我小时候见惯了湖南那些晚上醉醺醺回家的男人，然后随之而传出的打闹声让我深觉恐怖。当然也因为我一喝酒必晕，别人是兴奋得满场飞，而我是昏昏欲睡，所以我对喝酒这件事完全提不起兴趣，偶尔喝一点甜蜜的娘酒、甜酒，已然觉得很是满足。

一直要到最近，我去喝了一次大酒，大概因为有好朋友陪着，席上又是认识十几年信得过的朋友，我突然第一次体会到喝完酒之后那种介乎晕和兴奋之间的放松，人也变得轻飘飘的，看谁都很好看，很顺眼，很开心。那天晚上我第一次理解了爱喝酒的人的感受，就是通常你在日常生活中都绷得很紧，懂得自我克制，你有一层盔甲，你很安全，但喝酒会让你突然就卸下了这层盔甲，你突然敢于说出心里话，敢于和人有肢体接触，敢于表达好感了，这对于被规训得方正的中国人来说，还真是某种难得的自由飞翔。而且如果某天实在郁闷，一个人在家的时候也可以用它把自己搞醉，进入某个快乐的空间，这大约就是喝酒对于人生的意义——我们的灵魂都是肉体的奴隶，赎一个放风的时间竟如此不易。

想清楚这件事情，我突然对喝醉的人没有那么厌恶了，那是展示人类弱点的通道，不值得称道，但也不用厌恶，因为我终于承认了自己是脆弱的灵长类中的一员。

有关酒的诗很多，“醉笑陪公三万场，不用诉离觞”，这句又放荡又悲惨，都陪你喝酒三万场了，可是我也从来不说我的心里话，这也是中国人才能理解的悲伤境界，活在世间，是多么孤独的事。

所以，我也终于理解了亦舒小说里那些中环女郎，为什么要在靠山面海有大露台的高级公寓里放整箱整箱克鲁格（KRUG），深夜下班后，进门踢掉高跟鞋子，捧一只水晶杯子对牢大海，斟出香槟，独自坐在露台观景，纵有心事，亦觉心旷神怡……

何以解忧？

其实是有很多东西的，有爱，有钻石，有温暖的拥抱，有完全的接受，有炽热的身躯，有创造的快乐，但获得这些都太昂贵了。只有酒，不需要人配合，不需要机缘，唾手可得，最是方便经济，唯一的问题是：它是向生命强行借来的快乐。

小醉怡情，长醉索命。喝一点无妨，不要上瘾，快乐本来就是奢侈的事，借来的快乐终归要还，所以，就不借那么多，只借一点点。

我有一个做餐饮的朋友，看着那些在台上大肆讲述大而空的品酒经验的人，诚心建议说，其实不用讲得那么虚，因为百分之八十的中国老百姓连白兰地和威士忌都分不清。

我就是那百分之八十的老百姓，直到最近才知道白兰地是葡萄酿的，低度酒，而威士忌是大麦酿的，烈酒。从性质上来说，烈酒就是一团超级热量，天气冷的时候喝点可以取暖，玩极限生存的人会随身携带一小瓶威士忌，但日常生活中如果喝多了容易长胖。当然葡萄酒也有热量，相对低一点，可软化血管，所以女生可适当喝。

作为亦舒的崇拜者，当然要存两瓶克鲁格（我一个做洋酒的朋友告诉我最适宜的购买地点就是香港免税店，果然，一千六百港币一瓶，国内的网站卖两千多）。另外贵腐也很好，极香极甜，有时闺密聚会，喝上几杯确实觉得非常甜蜜。

一只可以忘忧的杯子

香兰社的玻璃杯

日常，我只收集三样东西，一是扇子，二是伞，三是杯子。

那就来说说杯子。

喜欢杯子的人蛮多，其中就包括郭敬明，看《小时代》时发现郭敬明是个杯子控，顿时觉得这个人就不那么讨厌了。

和郭敬明本人一样，电影中的霸道主编宫洺喜欢收集各式各样的杯子，甚至还用女主角打碎杯子赔不起来烘托出男主角的富有。小说里这只杯子的品牌是著名的水晶牌子巴卡拉（Baccarat），哈考特（Harcourt）古典平底杯，当年的标价是两千两百元，香港 IFC（国际金融中心）有售。

事实上，巴卡拉确实是一个奢侈品的牌子，法国爱丽舍宫御用的酒具，包装是红色的盒子，水晶灯动辄几十万……看到郭敬明的家里到处是这个昂贵的牌子，顿时觉得他真是有钱。

新富要奢侈，什么最贵用什么，但其实，不是每只水晶杯子都要两三千。我有个朋友喜爱家宴，最心疼就是每次家宴都要打碎一两个水晶杯，有时是客人不小心，有时是保姆洗杯的时候稍一用力就碎了，一个红酒杯几百大洋一只，说不心疼也是假的。

所以如果是经常宴客的人，要不然就真的豪奢，几百上千的东西也无所谓，要不然就直接去批发十几块一只的国产玻璃红酒杯，或者五六十的国产水晶红酒杯，手感也不错，至少碎了也不心疼。

西方餐桌上，喝不同的酒确实要不同的杯子，但不一定非得用水晶，用玻璃杯也蛮好。性价比较高的中档品牌也有，德国的奈赫曼

（NACHTMANN）、英国的韦奇伍德（Wedgwood），还有英国皇家道尔顿（Royal Doulton），通常几百一只。

有一个非常简便的方法去鉴别玻璃与水晶，就是摸。玻璃是热的，水晶凉津津的，所以你终于可以理解为什么亦舒女郎的家里，总归是要有水晶的。千言万语一句话，水晶确实是要矜贵一点的。

追随偶像，我当然也有几只水晶杯，但纯属普通人日常用的。

德国 Villeroy&Boch 香槟水晶杯

德国有个著名品牌，叫 Villeroy&Boch，中文译作唯宝，它家出名的是卫浴产品和瓷器。有一次我在广州马会唯宝专卖店听到一个大款模样的男人大声惊呼：啊，三十万一个卫生间还拿不下啊？……可见它家的东西之贵，戴安娜婚礼用的就是这个品牌的瓷器。水晶杯它家也做一些，我是在巴黎逛百货公司时，看它打折，而且款式挺好看的，于是从巴黎捧回两套，洗的时候很小心，像呵护花朵一样。

不得不说，用这个喝香槟，还是感觉舒服很多。

英国 Richard Brendon（理查德 · 布伦登）水晶杯

Richard Brendon 是个牌子，也是著名的英国瓷器设计师的名字。

和张爱玲一样，他喜欢听市声。平时上班他会沿着波多贝罗集市一边

英国Richard Brendon水晶杯，
用来喝威士忌甚好。

奥地利 SPIEGELAU
水晶杯

逛二手古董摊位，一边散步到自己的工作室。

这个品牌最出名的是钴蓝色斑马条纹图案瓷器，但我不喜欢，在香港的连卡佛看到它的水晶杯反而喜欢，明明有大只的，价格差不多，但我还是选了这对小的，非常精致以及晶莹剔透，手感极佳。

奥地利 SPIEGELAU 水晶杯

SPIEGELAU 被译作“诗杯客乐”，原来是德国的牌子，诞生于 1521 年，也是水晶葡萄酒杯的元年。

“其高雅的造型和精良的品质逐渐发展成为世界上顶级水准的无铅水晶杯品牌，代表着想象、艺术、技术、文化、历史与现代的完美融合。”这个牌子很出名，2004 年初被奥地利的 Riedel（醴铎）并购之后，就变成了奥地利的牌子。

英国古董花瓣杯

这是刚去英国收的一套花瓣杯，我也不知道它究竟是装什么酒的，有待专家指正。在牛津的一家小店里看到，惊为天人，花纹也细致，价格也不贵，一百来镑，折合人民币一千多块钱，捧在手里，登时觉得内心也娟秀起来。

很多人专一收藏水晶杯，喜欢通透感，我也喜欢水晶，但是瓷器我更喜欢。

讲讲我收杯子的一点心得吧。

我的选杯两大原则：

一是有眼缘，真的觉得好看；

二是它身上有故事。

就像松浦弥太郎说的："恋物，恋的其实是物品中每一份珍重而独特的记忆。"

我收藏的杯子分三个类型：

一种是纯觉得好看的。

Royal Albert（皇家阿尔伯特）是一个英国牌子，淡蓝色八角杯，喜欢这种蓝与金的搭配，像天青色等烟雨来。它也是戴安娜王妃生前最青睐的一个牌子，最受欢迎的是老镇玫瑰系列。

有四只青花杯子是在台北永康街同时买下的，很便宜，是过去日常人家常用的杯子，我喜欢那种时间的味道，马上想起侯孝贤导演的《悲情城市》。

后来我在景德镇一家小店买的国营老瓷产的青花杯子，上世纪七十年代很多中国人的家庭里都在用，很中国，很日常，也非常好看。

清代张熊的花卉杯，这是现在日常喝水的一套杯子，壁薄瓷白，手感极好。说起来还有一段故事：在大英博物馆的商店闲逛的时候，看中了这一套中国风的杯子，大概是里面最便宜的，四十镑。买单的时候看到了盒子里上海博物馆的字样，心里暗呼天哪为什么不回国买。巧的是，银联卡根本刷不了，于是乎立刻托我在上海的美女姐姐Jane帮忙，她是富贵闲人，喜欢逛各种博物馆，立刻行动，在上海博物馆买下，九十八元一套，足足便宜了四分之三。

这是在景德镇的设计师峰子那里买的一只清三代的杯子，虽然不值什么钱，但品相很好，很润，看着舒服。而且只用几百块就可以和几百年前的东西相会，还可以用来喝茶，感觉真不一样，有一种跟时间喝茶的感觉……（好好，我承认我内心戏太多了……）

一种是设计师品牌的。

英国 Royal Doulton

不得不说一下 Royal Doulton 这个牌子，中文译作皇家道尔顿，创立于 1815 年，1901 年 Doulton 被爱德华七世授权为皇家御用餐具。这个牌子是英国最大骨瓷出口制造商，它家的产品也极多。

我收了一只 Real Old Willow（老蓝柳系列），1981 年产，源于中国青花瓷工艺，取自化为双鸟的爱情故事，典型西方国家眼里的中国。买了单只杯，几百可买到中古。

香兰社

香兰社是日本的国瓷，有优雅的风度，它家的杯子也是值得一收的，都是五彩，价格也不贵，有一次，我买过六只玻璃杯，极好看，极便宜，夏天的时候用来喝薄荷凉白开最好啦。

瓷胎竹编

很喜欢成都竹丝瓷胎，百度上的定义是“以景德镇名瓷作内胎，用丝细如发、轻薄如绸的竹丝，精巧编织，依胎成型，紧扣瓷胎。编好的成品不论是竹丝本色，还是增饰的别色花纹，或者是编织上的蛟龙戏珠，色泽雅致，清新自然。成都竹丝瓷胎选择成都平原西部邛崃山一带盛产的慈竹为原料，选竹有严格要求；专门择取生长二至三年、节距二尺左右，无划

英国Royal Doulton的老蓝柳，
超美，也是大家的心头好。

伤痕迹的壮竹，要经过几道工序处理，每一百斤原竹只能抽丝八两，其价值同银子相当”。我在上下看过这一套，要上万，后来我四川朋友卓嘎拉姆帮我在非遗传承人谭代明大师那里求了一套，几千块，也算聊慰平生吧。

瓷胎竹编

台北永康街买的桃花茶盅

景德镇金竹粗瓷杯

爱马仕对杯

蓝小姐给我的新居入伙礼，她知道我喜欢杯子，我知道她喜欢包，不过我可买不起她喜欢的包，希望她将来能改变兴趣，也喜欢杯子，成为我们佛系一族。

Tom Dixon

Tom Dixon 是一个英国产品设计品牌，由汤姆·迪克森（Tom Dixon）本人创建于 2002 年，据说没有人比他更能把黄铜设计得如此好看。香港海港城四楼有它的专卖店，太古广场的连卡佛也有。

去一个地方旅行，我爱买当地的杯子，留个念想。

杯子是生活里的小器具，无时不在，也是我写作当中唯一倚赖的事物。

有时一写写一天，唯一能不断地让人起身的就是倒水喝。

烟酒都未上瘾，写作者如我，真是好养活，喝进去的是水，挤出来的是字，也算节能型选手。所以，多买几个杯子就算是对写作的奖励吧。

其实买了那么多，我日常用得最多的还是这只从挪威带回来的马克杯，后来我看到香港海港城的诚品里也有卖，可见是挪威人的日用品。

我自己买了两只大的杯子喝水喝香槟，因为我喝得多。

我喜欢这只杯子，因为它重量适中，也因为它的图案很北欧童话，每次看到它，就很高兴，想起我那趟遥远的挪威行，想起北欧的爽朗天色与北欧世界的安静单纯。记得那时站在小城利勒哈默尔的山顶，从山坡上往下看，天空辽远，远处花树连绵，此情此景，永远难忘。

所谓举杯而忘忧，大概就是这个意思。

愿你也有一只可以忘忧的杯子。

日常用的一只四大皆空的杯子

我想开个杂货铺

花瓶的选择，其实真的要去试，多买几个，不是坏事。小秘密是花与瓶的高度比，通常来说花的高度最好是花瓶高度的二分之一，上不封顶。但太高太矮都看着不舒服，最佳的长度一定不超过花瓶本身的高度，喜欢植物的同学可以准备点小瓶子，有时随意放点铜钱草或者在花瓶里随意掐几朵放在厨房窗户上或者洗手盆边，相当提气。

每个文艺女青年大概都有一个开店梦。

我十几岁时的梦想是开个手镯店，二十岁的梦想是开个花布店，三十几岁的梦想是开个咖啡店，现在呢？我想开个兼卖植物的杂货铺。

不，不，不，不是那种你想的花店，那种花店太小资太软弱了，我想要杂货铺里有鲜花，有多肉，有各色的花器，也有各种各样的园艺工具，甚至还包括你家里庭院阳台微花园的设计……想象了一下胖乎乎的自己穿着红色围裙站在这杂货铺中间的样子，还真是开心啊。

英国人爱种庭院植物，因为心理专家早就说过，与植物在一起可以安慰人心，能增进能量。一个人每天有生机勃勃的植物陪伴，又可以赚钱，同时还可以拥有许许多多盆盆罐罐，真是再完美不过的人生了。

当然，也有人一眼就看穿了我的底细：别挂羊头卖狗肉了，其实你就是想找个地方放你的那些瓶瓶罐罐……

我想了想，感觉有点羞愧难当，确实，我们家那一丁点地方竟然已经被我的瓶瓶罐罐塞满了。有一年去景德镇，我买了三大箱回家，这三个巨大的箱子把我妈吓坏了，她以为我真的要开店了——生物系出身的黄爱东西说：你这是返祖，雌性动物的筑巢本能。

好吧。

我数了一下，家里现在大大小小装花的盛草的盆子和瓶子应该有几十只了，有大有小，价格各异，也来路各异。

最爱当然是水晶花瓶，身为一个亦舒拥趸，我知道亦舒女郎的家里永远要用水晶，水晶杯用来喝酒，水晶花瓶用来装白色香花，家里最好悬挂老的欧洲水晶吊灯……“啪一声开亮，精光四射，美不胜收”。去 IFC 见过巴卡拉，真是贵，动辄几十万，花瓶也是几千一只，买得起当然好，但也不是非得买，和材料相比，人的因素更重要。比如亦舒最欣赏的周天娜，人家够有钱了吧，家里三角钢琴上的花瓶就是黄色塑料的，是瑞典雕塑家 Alberto Giacometti（阿尔贝托·贾科梅蒂）的作品。

其实买花瓶选择艺术家的作品是不错，乔治·杰生的猫瓶性价比很高，不锈钢，一两千块。要介绍一下乔治·杰生这个牌子，北欧著名的一个银器牌子（乔治·杰生本人是个雕塑家，在哥本哈根创立了以自己名字命名的牌子，但老先生 1935 年就去世了，继承的女设计师薇薇安·朵兰也相当有名，整个七十年代独领风骚，现在她的作品已被一个台湾设计师收购）。我是先喜欢上它家的首饰，然后才喜欢上它家的用具，以往银的贵，动辄上万，现在它家牌子也做不锈钢，价格显然是普通人都消费得起的。

但比起装花，猫瓶单放着更美，也可以当水瓶用。如果一定要装花，只有高挑、形状简洁的花才可入樽，比如郁金香、红掌，甚至连百合放进去也嫌乱，其他等闲花束放进去更是怎样也不搭。

有些花瓶好看，但很挑放进去的花。

真正不挑花的是什么样的花瓶呢？

以一个资深用家的感受，不挑花的是纯色的老陶罐。

杨丽萍的御用摄影师陈玲介绍了一个在黄山附近收陶罐的朋友给我，

我常常在他那里买老罐。几百元的交易，那种旧旧的绿色和蓝色的老罐子真是漂亮，有年月，自有自己的气质在，但又不抢镜。

另外家里常用的还是我巴巴地从大理亲手抱回来的那两只圆圆矮矮的粗陶罐。那年去大理讲课，和住在大理的女摄影家杨菲朵约着聊天，她和她的朋友带我去大理城里某条小巷子转悠，我们在一个卖锄头的杂货店五元十元淘了好半天，都是别人挑剩下的。有一只涂错了色，有一只没烧好，有好多柴火疙瘩。但奇怪的是，这两只看上去毫无存在感的花瓶才是百搭款，只要有它们托底，所有的花都被衬得国色天香，基本所有花放进去都适用，无论是公主样的郁金香还是粉嘟嘟的紫罗兰，无论是灿烂的石竹还是英气的剑兰……几乎所有花放到陶罐里都不违和，特别是小雏菊，随意放一把也好，放一扎也罢，那种乡野，那种不羁，简直浑然天成……

想想很有哲学意味，如果太过精致出挑，存在感太强，你就什么花也入不了眼，倒是粗糙平凡存在感弱一点的反而百搭——花瓶如是，有时候，人也如是。

老子说的大巧若拙大概就是这个意思吧。

美好的贴身小物

第三章

有少许恋物是好的

香港填词人黄伟文开过一个专栏，叫《每日都买一样嘢[1]》，意思就是每天都买一样东西。我朋友花花菜感叹说一个人怎么能买那么多东西，我羞愧地说：其实我就是“每日都买一样嘢”的那种人。

是啊，今天买六件衣服，明天买四本书，后天买两双鞋子，三天不到，已经买了十二样东西了，还不够每日都买一样嘢么，简直可以写一个“每日都买两样嘢”的专栏了——真是惭愧啊，原来自己是个那么贪婪的人。

家里的东西满坑满谷，可是我还在不停地买。一切实物，都令我迷恋，我特别喜欢把东西握在手里的感觉，摩挲着细腻的小羊皮产生的满足，以及确定自己家里鱼满塘粮满仓的富足感，会让我内心产生极大的愉悦和安全感。据说这种感受源于上古时代人类对于饥饿与贫乏的恐惧，就像我认识的一位重量级的专栏作家，几乎每一顿饭她都会把自己吃撑，后来她很坦率地告诉我们，她奶奶是讨饭快饿死时被她爷爷家收留的，所以，害怕没的吃成了一种本能，一看见肥肉和猪油就兴高采烈狂吃。三代之后也仍旧不能消除对于贫乏的恐惧，可见基因这东西的强大。

当然，童年阴影也是我强大恋物癖的另一个来源。小时候家里不算穷，但也真不富裕，因为几乎没被允许买过什么东西，所以长大了就报复性地购物，这大概就是心理学上的“未被满足的欲望”。我恋物癖的第三个原因大概是社会学家严厉批评的都市病，愚蠢的人类用消费来表达感情，舒缓焦虑。我记得儿子小的时候我忙于工作，又不知道如何照顾小孩，他扑上来扭糖似的要抱时，我就一个头两个大，但一没陪他我又觉得对不起他，

---

① 嘢，yě，方言，语气词。清曼殊室主人《班定远平西域·军谈》：“我哋又有事，何不唱几枝嘢，助吓酒兴呢。”（引自《汉语大字典》）此处是广东方言，指东西。——编者注

所以每隔一段时间我都要去中山八路外贸店买一大堆婴儿用品回来，我想那代表了我的愧疚以及我真的很爱他但又不知如何爱的心理。

物品让我们放松，也代表了我们内心的渴望。一段时间内，我常常重复买一样东西，有一年，我买了十几件白衬衣，结果一件也没有穿过。我猜那段时间我很想成为一个利索的亦舒女郎，但迫于身材的缘故，始终无法上身（我一穿白衬衣就像个跑堂的）。最近我迷上了珍珠，买了无数串，可能这段时间很想变得优雅一点,不要再活得那么狼狈——恋物,某种程度，先于我们的思想到达我们的生活。

其实在某一段时间集中购物的好处是：你会很快就知道什么是好的什么是最适合自己的。最简单的例子，常年在广州批发市场购物的经验让我现在几乎不怎么需要试衣，一眼扫过去大致就知道合不合穿。

通常来说，贵一点的东西确实是会好一点。品牌的好处是做工精细，比如同样品质的珍珠，御本木的那种搭钩就真的是别处找不到，就是这么小小的一点差别，让你舒服很多。

我有几十把扇子，檀香的棉纸的中式的日式的，但我最喜欢的还是在清迈买的一把竹篾片编的泰式扇子，一面是兰花，一面是龟背竹。每到夏天，一用这把扇子，我会觉得空气都是绿的，想起在清迈酒店里吱吱咯咯的风扇下穿堂而过捎带着鸡蛋花香的凉风，啊，用自己喜欢的东西是真愉快啊。

不用写稿的时候，我最爱做的事是清理东西，看着自己历尽千辛万苦

成年之后，每一位女性都应该有一两串品质好一点的珍珠，至少有一串短的（四十四厘米以内），一串长的（九十厘米左右），短的百搭，任何礼服不知道搭什么项链的时候，就配一串珍珠，长的可变化的花样就太多了。

花了无数银子和精力弄到手的东西，油然而生一种巨大的快乐，会让你觉得生活是沉甸甸的，你的存在是有意义的。我知道这很庸俗，但比起日本人崇尚的所谓无一物的空空落落的房子，我觉得自己喜欢的东西围绕在身边的感觉更温暖，更像人类——有少许恋物是好的，是温暖的，是安逸的，嗯，做不到那么凛然高洁，也许，我可以更真实一点。

至于你说这么多东西家里怎么摆得下，其实真摆不下了人自然会选择和淘汰。欲望是有限额的，比如在狂买了十几件白衬衣之后的第三年我把所有的白衬衣都送了人，只留下一两件最喜欢的，而且我知道我以后不会再买了，因为买过了。

对于欲求不满这件事，我永远记得孙瑞雪老师的教诲：尽量满足它，然后，终有一天你会放下它。

关于珠子的大小也是颇值得讨论的，大小大致跟年纪成正比。当然也不是越大越好，因为其实龙眼那么大还蛮显老的。珍珠品牌千万种，淡水珠较平，海水珠较贵，以御本木最为出名，最好去银座本店买，有一种备受敬重而又异常女性的感觉，这种感觉会让你戴起来时觉得更值得。我自己选的是这一串，小颗，俏皮。当然也念念不忘它家的一串长珠链，珠子是近粉红色的，搭钩很巧妙，可以直接扣在珠链的任何位置，因此起码制造出八种戴法，非常实用，当然也是颇贵的，2017 年的价格是七八万。

珍珠真的不用买太多，因为它并不保值，所谓人老珠黄，珠子是真的会黄的，但也一定要有，因为有珍珠的女子生活是不一样的。如果特别喜欢珍珠，也不妨买几串朱盛义，品质不错，戴起来也不心疼，时髦，好看，反正连可可·香奈儿也是戴朱盛义的，有何不可？

亦舒的伦敦

一

威士忌公司请我去苏格兰，特地改签了机票，在伦敦多留两天。

为什么是伦敦呢?

因为伦敦是我熟悉的异乡，我喜欢的人事物都曾经在此地停留。

张国荣在伦敦周边读的中学，陈奕迅在伦敦读的大学，而亦舒本人，亦在二十七岁的时候，跑到英国开始了人生的新阶段。

彼时，亦舒是一个失婚妇人，十七岁嫁给画家才子，自己还什么都不懂就生下了儿子，然后又和男明星谈过一场动荡而失败的恋爱。1973 年历尽千帆的她向全世界宣布自己要去英国读书，与其说是去读书，不如说是人生的主动关机重启，婚也结过了，仔也生过了，恋爱更谈过了，真的需要找一个更大的地方来完成人生的升级重任。

在英国留学这三年，亦舒不断地写专栏寄回香港，文字谋生这件事，她从十六岁做起，从没有间断过。那个时代没有网络，《明报周刊》的专栏就是当时的抖音与快手，直播自己的生活已然可以赚取银两，我们才知道上世纪七十年代的亦舒去英国也是很不容易的："以游客护照申请到英国……是，我晓得我还没有申请学校，但我的哥哥在英国读书达八年之久，他帮我申请……我读书不甚用功，马马虎虎，考进伦敦的一间工专学校念电脑一科，三年制。打算先在伦敦住下来，入学，看看可喜欢这地方，然后再申请学生护照居留。"

事实上，她后来是去了曼城才读的书，自嘲是野鸡学校，但与哥哥在伦敦住的这段时间，大抵是雀跃的，年轻跋扈的才女带着香港的伤痕，在这个巨大的灰蓝色的城市里被疗愈被整顿，发生了巨大的改变。“我抬起头，马上爱上天空的颜色，——灰蓝色，一种深沉的、含蓄的美观……”

当然，也有很大一部分是审美上的。

衣：年轻的中国姑娘带着八件大衣去英国，两件是皮裘，一件狐狸皮，一件貂皮，心里怕被人看不起，但到了英国才知道英国人真的不甚讲究衣着，大家都是衬衣卡布里裤，雨天外穿连帽雨衫。稍有知识的人都知道大大的牌子露出来显得很暴发户，大部分的英国人讲究实用与平常，就算真富贵，也喜欢风流不为人知。

食：在香港吃惯馆子的人，到英国才知道下馆子是件顶奢侈的事，英国人连水果也不怎么舍得吃，倒是酒水便宜，于是乎，亦舒说在海德公园边上抽根烟也是很愉快的。

住：从寸土寸金的香港，终于搬到有大房子住的伦敦，居住条件大为改善。

住得美好才是真的美好，她真心赞美哥哥和她住的房间：

“我们家的公寓很美，三层楼，我们住顶楼，离市中心区只要走十五分钟。租金自然是贵的，但环境好得不能想象……窗口高且大，窗外有一棵大树，树叶映在窗口，有风的时候沙沙作响。客厅的面积是三百八十呎，三个睡房，两个洗手间，房间的面积宽大舒适，换句话说，不是放一张床就宣布完蛋的房间。公寓装修得很漂亮，'比巴'的墙纸，'利伯蒂'布垫子……"

行：英国的巴士座位是丝绒的，宽敞，也很整洁，保养得很好，拐弯的时候人可以跃上去，有一种独属于欧洲的洒脱……

从衣食住行，到人生的审美，亦舒托赖英国这三年，人生又得以重生。记得么？中期小说女主角多半由伦敦返来，小说《喜宝》的开头就发生在伦敦回香港的机舱里……

二

所以，到伦敦时不光觉得那是伦敦，更觉得那是亦舒的伦敦。接机的车子经过哈洛德百货时，想起她写的句子，"英国最著名的百货公司，叫'哈劳'，一整条街都是铺面，一式的篷檐，一眼看过去，神气万分，是英国皇太后开的呢"。看到白色的美丽公寓，就会想是不是亦舒的哥哥租的那一间呢？

那几日的行程也很亦舒，住在亦舒喜欢的鸽子广场附近，去了她爱去的大英博物馆，去了她常去买香港杂志与金庸小说的唐人街，她哥哥与她在唐人街吃饭的利口福仍在，也仍然在卖叉烧，可是卖杂志的摊子已然没有，毕竟距离她来的1973年，时间已经过去了四十五年，半个世纪已然过去了。

伦敦依然还是那个伦敦，雨依然下着，只是唐人街的菜心价格从两镑半升到九镑，巴士上的座位也早已不是丝绒，已经换成蓝色化纤了。人更不是当年的人，亦舒喜欢的明星大卫宝儿（大卫·鲍威）已然仙去，连她当时觉得气质最好的安妮公主也已去世了——安妮公主有着狼狈不堪的中年生活，晚年坐着轮椅成为皇室最不待见的人，而现在八卦报纸追捧的是安妮的侄孙媳凯特王妃，她戴着蓝宝石的戒指，手上抱着第三胎，啊，认真想一下，四十年，竟然就这样过去了。

亦舒写伦敦，“我喜欢伦敦，有点脏，有点破，有点文化，有点冷，一切恰到好处，叫人舒服，像一件开司米羊毛衫穿旧了，从前是好货，但现在可以毫无禁忌地穿着睡中觉，搁洗衣机里洗得缩短三寸，但仍旧保暖轻便”。

开司米就算在英国，也是贵的，所以后来一径成了亦舒小说里贵价衣服的代名词。其实香港地处热带，倒真的没有什么机会穿开司米，也只有围巾可以用得上。Max Mara 这条围巾一直是我的心头好，冬天不用说一定要戴一条御寒，又轻又暖，夏天在香港的冷气里写稿子时，穿吊带裹着一条开司米，触感之美妙，只有丝绸可以媲美。

旅行的意义

黑川山河旅馆，我住的房间门口。

唱卡拉OK的时候，但凡碰到女文青，都会点一首《旅行的意义》。听得多了,看着白衬衣格子裙的陈绮贞一脸纯真一腔无辜追问旅行的意义，忍不住也问自己旅行的意义。

很年轻的时候，我蛮讨厌旅行——因为讨厌变动，我理想中最幸福的生活是执子之手与子偕老，最好什么也不要变，从第一天，到最后一天。

但后来我长大了，慢慢发现，一成不变的生活很不真实，也很没意思，害怕变动的人实际是最扛不住一成不变的人。既然人生永恒的不是幸福，而是变化，那么，在变化里找到自己的节奏不是一件很恰当的事么，由此，爱上了旅行。

以前是把出差当旅行，在时尚杂志当编辑，每次的出差都是去参加品牌活动。这种活动简直是世界上最省力的一种出差，完全不需要动脑，吃好的喝好的用好的还有最新产品试用赠送，回去连稿子也不用写，人家公关早把稿子图片都刻在光盘里了。在这种毫无压力的出差中，如果不出去玩一下，简直太不低碳太不环保了，换成是你你好意思千里迢迢坐飞机去那么老远然后什么也没干就跑回来么？所以如果时间够用的话，我会选择在附近转一圈。比如去上海出差，顺便就去一趟苏州，去香港出差，就顺势去一趟澳门。

我有个女友特别好玩，有一次她出差去哈尔滨，想着到了哈尔滨，顺便去一趟俄罗斯吧！马上电话请假，老板一听要去这么远气得要死，说办公室好忙，你不回来不行的，结果她立马说那我辞职——我们都佩服得五体投地，潇洒人生啊。

后来，当我认识到旅行确实是生命中最重要的事情之一时，我开始自己谋划旅行，当然，对于一个懒人以及忙人，我仍然倾向于蹭。

旅行确实重要，它最大的意义也许是转换一下生活频率。平时忙得脚不沾地的人凭空多出一截时间来，坐飞机的时候，你可以发发呆，哼哼歌，看看你平时根本不会看的杂志，吃吃你平时吃不到的非常难吃的飞机餐。或者像范冰冰一样，一上飞机就敷一张面膜，以飞机上小部分人的吃惊换来下飞机后大部分人的惊艳。当然还有更牛的人，在短短旅行中改变了自己的命运，其中最著名的是邓文迪女士，飞机还没到香港呢，人家已经搞定老默了。

旅行的另一个意义当然是可以换一种生活境地，见识不同的城市，不同的人。那是不同的风景，让长期三点一线的我们突然换得另外一种生活，像微博里说的名言，旅行就是从你活腻了的地方去别人活腻了的地方，虽然短促，但安全。

我常常觉得在自己的城市里待一年，也好像只待了一天，可是，出外一周，回来的时候，已经觉得像待了一个月。所以，旅行的真正意义，我倒不认为是像陈绮贞那样叽叽歪歪的是为了离开某人，其实是很简单的——在不可以改变生命长短的情况下，凭空增加了生命的厚度与浓度，以空间换取时间，在相同的时间段里，你比原来多活了一点。

以下是我私人旅行生活里十个最惊喜的时刻。

那样的时刻来临时我会偷偷在心里尖叫：喔，老天爷，你对我太好了——

（1）在美国出海第一次见到海豚追随船飞驰的时候……

（2）在清迈的深山里，睡在星空下，听单身的店主尼娅讲她为何在山里开店的故事……

（3）在京都的一家小店里，把一片玫瑰色的包袱布挂在自己身上的时候……

（4）在冬天的清水寺外一家小茶铺里捧起一杯热茶的时候……

（5）在曼谷文华东方寻找张国荣的足迹，站在那间漂亮的芭芭拉套房里，站在哥哥曾经坐过的那一览无遗的巨大阳台上，看着底下的泳池，看着船只穿梭的湄南河，河风吹起围巾的时候……

（6）在新西兰住在一座亦舒小说里才有的白色小屋，坐在花园里眺望海天一色的时候……

（7）在奥斯陆的第一天，晚上十点打开门看到窗户的时候……

（8）在三亚和三个闺密歪在阳台的大铺上抽烟喝茶，讨论万一死了其他三个如何帮手料理后事的时候……

（9）在马尔代夫的露天泳池里和手拿一杯香槟穿着黑色一件头泳装的舒淇聊天的时候……

（10）在韩国的江河道，第一次真正从山顶上滑下来的时候……

在不可以改变生命长短的情况下，凭空增加了生命的厚度与浓度，以空间换取时间，在相同的时间段里，**你比原来多活了一点。**

爱马仕旅行毯

这条爱马仕毯子是在巴黎买的，原来在国内看了几次，因为实在太贵，下不了手，巴黎便宜了很多。每次出去长途飞行，都带着，冷了可以盖住全身，下机的时候当围巾，温柔有加。

那些亦舒教我们的生活准则

常常觉得我们这一代人，算是幸运的一代。

生于荒野之中，碰上巨变时代，没吃过什么太大的苦，顺顺利利登上了一辆疾驰的列车，一路看尽三十年沧桑变化。

上世纪九十年代我来广州玩，住在五羊新城最靠近广州大道的一栋大楼里，珠江新城是一望无际的菜地；二十年以后我当年住的豪宅已成为旧楼，菜地已变成今日城市的CBD，而我也从一个小城女孩变成了一名资深职业妇女。

在怎么做职业女性这件事上，我们这一代人基本没有前辈，大家都是修行靠个人，我是看亦舒的一本小说学的，就是她在1994年出的那本《变形记》。

《变形记》讲的是一个什么故事呢？有一点类似《窈窕淑女》，如何将一个艳俗少女培训成中产淑女的故事，只不过教练从教授换成了一位能干的亦舒女郎。这个故事到后面有点塌方，因为太过玛丽苏，但前面那一段培训的过程相当实用，我常常把它当成职业女性教科书看。

首先，亦舒教会我们职业的工作态度。

> “要生活得漂亮，需要付出极大忍耐，一不抱怨，二不解释。”
>
> “职业女性靠自己一双手改变生活，应该自豪，但更应该好好工作，受人二分四，做到索晒气，是应该的，因为收人钱财，替人消灾。”
>
> “有一句老话，叫老板永远是对的，非做下去不可，同他吵是白吃亏，有朝一日另有高就，更加不用多费唇舌。”

其次，她教会了我们生活中基本的礼仪修养。

我们这一代人小的时候，妈妈都忙于工作，再加上新社会，老规矩几乎不时兴了，所以礼仪修养根本是零。在亦舒小说中，她从待人接物到生活细节，俱已说得明明白白：

“讲中文时不要夹杂英语，就算会英文人家也不会把你当作天才，又中又英是十分肤浅的做法。”

“半跟鞋，不要蝴蝶结，不要露脚趾。”

“鞋子是鞋子，拖鞋是拖鞋，为什么把鞋跟踩扁当拖鞋？多邋遢，坐在椅子上切莫翘椅脚，拜托，不要抖脚，树摇叶落，人摇福薄。还有，锁匙圈别套在手指上丁零零地转。”

“手不要老去摸头发耳环，这叫搔首弄姿，十分难看，补胭脂请进洗手间。”

“在座超过两个人的时候不要老谈自己，请多多关心他人，认识时事，世上许多人在吃苦，你的片刻不如意让爱人知道已经足够。”

“当着外人，心里想些什么完全不要露出来，再不高兴，也万万不能一脸晦气怨怼的样子。”

“不是我凡事挑剔你，但室内一定要除下太阳眼镜，还有，永远不要在人前吃香口胶。”

……

虽然现在看有些已相当过时（比如今年流行把鞋跟踩扁当拖鞋），但大部分照用无妨,亦舒最高明的一点是,她并没有把这些礼仪奉为无上真理,也有调侃:

“一有教养，立刻变得死气沉沉，一点也不好玩了。”

在这本书里我学到的最受益的一句话是:

“涵养与修养并非虚伪，故意使人难堪并非率直，这里边有很大分别。”

第三，亦舒告诉我们爱物惜身是职业女性最大的美德。

知道什么是好的东西，而我们要去拥有好东西，这是亦舒教给我们的现代精神。

“不要穿白色貂皮，不要戴心形钻石……因为看上去会像歌舞团女郎。”

内衣要丝的，实在没有，用棉的，“别挑鲜红。网眼那种，统统以皮肤颜色为准。”

至于好房子应该是什么样，房子里应该摆什么花，男人大致是什么德行，全部是亦舒教给我们，这导致我们这一代职业女性对于好物充满真爱，对于金钱充满敬重：

“最清高的生活往往需要至大笔金钱支持，否则怎能悠然见南山。”

在亦舒的笔下，钱是很重要的，但钱是不是最重要的呢？其实又不是。亦舒的欲望清单里 Top1 绝对不是钱，而是快乐。

张天和忽然问：“子佳你快乐吗？”

“是，我合理地快乐。”子佳回复得极快，这个问题，她每天都问自己。

所谓合理的快乐大概就是用自己有的换自己想要的，已经明白不可能拥有全世界，但是始终会给自己能力范围之内最好的，竭尽全力工作，恰如其分地享受，得到合理的快乐。

至于爱情……嗯，爱情是普通人生活里的奢侈品，亦舒职业女性教科书的第一条便是：

“为感情烦恼永远是不值得原谅的！”

不管值不值得原谅，现阶段每次有人问我感情问题，问到最后我总是不耐烦，因为人生太短，时间珍贵，有这时间烦恼，不如写稿去，旅行去，买东西去……

确实，这是我的三大消愁策略，人到我们这样的年纪，真的是很少再为感情烦恼了，因为我们明白真正的爱情原本就极其稀有，有些人一辈子也没有恋爱过。真正的爱情原本就短暂，恋爱与瓶花一样，不能保持永久生命，强求一个稀有而属性本就短暂的东西永远待在生命里，似乎真是有点勉为其难。

不烦恼，寻快乐，“何必向不值得的人证明什么，生活得更好，乃是为你自己”。

意大利的 La Perla（拉佩拉）内衣大概是最性感的，加拿大的 MANITO 可以说是真丝睡衣和床品系列里最出名的，品质也是颇好。但是其实丝绸产于中国，中国的名品也不错。热天的时候，我最爱的是我们公号与桑罗出的联名款，有内垫的一件头丝绸吊带内衣，黑白两色，比较简单好搭，套上裙子即可出门，脱下外套在家也能穿，很法式。

千万不要和皮肤不好的男人谈恋爱

一

“千万不要和皮肤不好的男人谈恋爱”，这是张医生三十年前对我的忠告。

张医生（这是一个假名，她当然不姓张，她老公姓张）是我爸厂里的厂医，她老公在税务局工作，就把她调到我们厂里管医务室，没什么事干，基本就是以看小说读杂志织毛衣为主。

我们成为忘年交的原因，一方面是一个医学院的高才生实在闲得慌，二是我为了不上课经常找她开病假条，一来二去，我们就成了朋友。

《小说月报》《中篇小说选刊》都是她借给我的，她智商高，又毒舌，常常语出各种金句，很多我都忘了，但这一句我一辈子都忘不了。记得我当时困惑地说，“为什么不能和皮肤不好的男人谈恋爱呢？老师不是说我们要看一个人的内在而不是外表吗？”

“我说的皮肤不好是特指那种脸上像月球表面一样坑洼不平的不好。虽然作为医生我不能公开这么说，但是一个人的外表多少反映了他一点内在吧。

“为什么不能和火山皮的男人谈恋爱？根据我当了二十年医生的经验，脸上烂成这样的男人，一般天生性格比较躁郁，特别是青春期过得极其拧巴、不开心，指望这样的男人性格开朗、为人平顺，基本上是不可能的。

“不是说他不是好人，而是说和他长期生活，相处起来会特别累。所以，如果是我女儿，我会建议她远离这样的男人……”

我第一次听到这样的理论，目瞪口呆，她看了我一眼，淡淡一笑：

“你张叔就是这样的，这算是亲身经历得出来的惨烈经验吧……”

二

就因为张医生的这一句话，我对于“皮肤好不好”这件事，有了额外的关注。

从湖南到广州，从年少到中年，无论是工作也好采访也好，遇过的人，不说上万，少说也有三五千人。这三五千人里有普通人也有名人，有男人也有女人，有好人也有坏人，到了现阶段，我基本到了以皮肤断人的地步，为什么呢？

我个人认为，皮肤上写满了你人生的所有密码，而且难以掩饰，以此看人，万试万灵。

你的基因、你的性格、你的过去、你的现在、你的情绪、你的脆弱、你的健康、你的心情……所有你想或者不想告诉别人的秘密都在皮肤上面挂着呢。

最粗浅的那一些，比如，痤疮，西医叫毛囊皮脂腺慢性炎症，中医则认为是肺经热盛，或脾胃湿热，不管怎么说，这个人脾气一定不太好是真的。

至于各种粉刺毒癣，无非狂食肥腻，且自身排毒系统阻滞，说明此人身体底子不硬且毫无节制，交往的必要性减低到零。

至于蝴蝶斑乱飞，脸色黯淡，看得出多年心情郁结，新陈代谢缓慢，和这样的负能量在一起你要打足精神……

是的，皮肤是你人生最大的显示器，向外界展示了你真正的精神状态和生活状态。

眼睛可以画大、鼻子可以垫高、下巴可以削尖，但是皮肤好真是由内而发的，这就是为什么中医讲究望闻问切，望是第一位的。望什么？望脸色，望皮肤，皮肤有没有光泽、胶原蛋白是否丰富，充分显示了你的内部循环、你的健康状态、你的生理年纪，它是你人生的底色。

三

好的皮肤会让你的同类对你倍生好感。

我们常常看到电影里的男主角为阳光里的青春少女神魂颠倒，说她浑身散发着光芒。

这光芒当然有阳光的因素，但更重要的是阳光在健康皮肤上折射出来的光芒，健康光滑的皮肤具有极大诱惑力。

我们天然地喜欢看美好而健康的身体，散发着青春与活力的皮肤，这就是为什么有人要花三十万去看维密的天使秀，为什么这么多年来杂志如果想要卖得好的话永远要放穿着清凉的女明星——这是人的一种本能。

红地毯上裹得严严实实的人常常让我们觉得突兀和无趣，因为这预示着某种信息的隔断，裸露出大面积健康肤色的人会自然地吸引人们的注意力，美好的面庞以及健康的肤色会带来强大的愉悦感。

而这种愉悦感则来自人类自身携带的一种古老的基因辨别系统，因为皮肤好就代表着你有强大的心脏，以及畅通的内循环，这才足够把血液和养分输送到表皮下的结缔组织，才会出现光滑透明的肌肤。

当然，皮肤作为我们人生的显示器也不是永远固定的，它是变化的。

我的一个小学女同学，小时候家里条件不好，体肥肤黑满脸长满了毛茸茸的东西，经常被同学们嘲笑。但三十年后，再见到她时，真是脱胎换骨。

她早年一路创业做外贸公司，再加上运气好撞上了好时机，这十来年生活幸福安定，皮肤虽然依然黝黑，但闪耀着健康的光泽，再加上长年坚持运动，皮肤紧致，健康又开心。

多年前去采访一个上世纪九十年代成名的大美女，爱吃辣又爱玩常常晚睡的她深深地感叹了一句：

“如果现在眼前有一杯水，你说喝了可以让皮肤好，哪怕有毒我也要喝下去！我真的太想要好的皮肤了……”

那是她多年打拼，名气财富都有了之后的唯一渴求。

好的皮肤是可遇不可求的随身至宝，是金钱和名望都换不来的东西，是真正要靠生命去调节、靠时间去改变的东西。

皮肤好一靠天生；二靠运动，运动让你的心脏保持足够的强劲，可以把营养带到周身的每一个细胞；三靠心情的调整。

三十岁以后，要想拥有好的皮肤，只有一个办法，那就是保持健康的生活方式和好的心态。

我的健身三宝，平日里一个健身球是需要的，另外就是蓝牙音箱和瑜伽垫。

我采访过的一个皮肤很好的美女说她的美肤方法是，早上摆一张瑜伽毯，做一场瑜伽，在音乐里疗愈自己，给自己一个小时独处的时间，在美妙的音乐里放松自己，这是对一个女人最好的疗愈。

空镜框之谜

很多年前，采访一位 CEO，商场驰骋多年，阅人无数的企业家说起他最近碰到了一件奇事："昨天回家我看我女儿正滴眼药水，你猜怎么着？她把眼药水瓶直接从眼镜框里就伸了进去，到那一刻我才知道，原来这个小丫头片子戴的是个镜框子，根本就没镜片的。"

我们在座的几个女记者齐齐白了他一眼，心说：真土！现在大家戴的都是框子。

以前大牌子卖的统统都是正常的眼镜，可是到了 2000 年之后也开始让大明星戴上塑框眼镜。据统计，美国便服品牌 American Apparel（AA 美国服饰）过去三年出售的太阳眼镜与平光眼镜的比例，也从以前的九比一发展至现在的六比四。一位在香港中环开眼镜店的店主告诉我，现在他们销得最好的就是塑框眼镜，女生的选择色彩丰富，而男生的最爱则是"方大同那款"（实际就是粗的黑框眼镜），而大部分的人，会当场要求把平光镜片抠出来，也就是说他们直接戴着镜框就出门了。

很多人不理解为什么要只戴镜框子，作为一个多年使用无镜片眼镜的女性消费者，我私下总结出了戴镜框子的四大优点：

1. 通风接气

本来就没近视，放两个镜片在前面怪碍事的，而且还有重量，不如化繁为简，直接戴个框子，又简单又舒服。

2. 改善形象

亲爱的，不是所有的人都能像你这么幸运，能长一对风含情水含笑的大眼，如果你像我一样生下来就是肿眼泡，或者像我闺密阿冰一样不幸长了一对豆眼，这悲惨的境地只能由镜框来江湖救急了，小小镜框，能让小眼变大，大眼变小，作用不可谓不大。

3. 遮丑省妆

早上发现自己有个大大的黑眼圈，赶紧戴副眼镜了事。要是没时间化妆，也赶紧戴副眼镜了事。有这么大一个眼镜框遮丑，目力所及，谁还会注意到那后面的黑眼圈啊。

4. 扮靓装酷

女明星男明星为什么乐于戴眼镜，一是可能当时没化眼妆，遮遮丑，二是可以让自己显得有点文化，说得更直接一点，装有文化。虽然我没文化，但想让自己有文化的心没错吧。就连好莱坞的女星 Chloe Sevigny（科洛·塞维尼）也对《纽约时报》的记者说："它（眼镜框）给了你棱角，即使你穿得再保守，它都能让你变得更酷。"现在你明白为什么那些狗仔队拍下的女明星私下逛街都顶着一副黑框眼镜了吧？

除了以上四点，我还有一个小小的心得，镜框实在太有实用价值了。冬夜曾同一帮文人吃火锅，吃到一半时，众人频频摘镜擦雾，那情形相当狼狈，唯有我一人目光如炬，伸筷如闪电。众人皆叹服：你这镜片哪个牌子的，居然不生雾的。

我说："这我可不能告诉你。哈哈。"

反正都是板材的眼镜框，但也不能买质量太差的，因为容易变形。

我的眼镜框是深红色的透明材质，也有一只阿玛尼的金属框。

因为本来就面目平凡和严肃，再戴黑框未免太过师道尊严，我的画家朋友黄薇第一次见到我就建议我选择红色。她帮我挑了一副镜脚有少许豹纹的眼镜，我一直戴了很久，可惜有一次出差时不见了，再去买已经没有。所以贴心小建议是，如果碰到特别合适的，可以适当买几副存起来，毕竟心仪又合适的眼镜框也是可遇不可求的。

我爱白色

搬到广州居住之后，发现自己越来越喜欢白色。白粥、白饭，还有白玉兰，是我来广州以后最早接触到的三样白色的东西。这些年，柜子里莫名其妙地还出现了许多白衫，本白、素白、蒜白、藕白、奶白、芦花白……各种材质，亚麻、绢、布、乔其纱、山羊绒……各种式样，宽身的贴身的长的短的，只要是白色，出现在眼前的时候都是那样的让人喜悦与轻快。

怎么也不会想到，自己会成为一个喜欢白色的人。

二十来岁的时候，我爱穿一身黑，因为嫌自己胖。快三十时又迷上了粉色，到了现在这个年纪，反而爱上了白，虽然说胖子不适合白色，可是心境如此，却也奈何不得。

衣橱里陡然间白花花一片，让人心里一片清凉，一片白茫茫真清净。难怪亦舒女郎们要把整间对着海的房间刷成雪洞一般，白柜子白沙发白色栀子花，也难怪薛宝钗蘅芜苑的大案上，一只土定瓶中要供着数枝雪白的蟹爪菊。

白色，是这样一种东西，它把一切问题都简单化了，少了掩饰少了假象，少了许多欲盖弥彰。它于一切都是平等的，不像黑色弹力裤，明明想帮你缩小视觉，却大张旗鼓地宣传了你腰腹的赘肉。白色是一目了然的，丑的美的好的坏的，它没有干扰，直抵内心，不打算帮你掩饰什么，也不打算丑化你。对这世间的一切，它坦然以对，是这样的平和自然。于是，丑的没有躲藏，也就不那么丑，美的没有装腔，清水出芙蓉，晶晶亮透心亮。现在你明白铺天盖地的化妆品广告里为什么都是白衣女郎的天下了吧。

白色是如此平易近人，它让千红万艳镇静下来，有着海纳百川的质朴。

白色是熟宣，是底色，可以纵容无数幻想，宣布了无数种可能，一切都未开始，一切都有可能。白色是制造气氛的高手，它将一切喧哗归为平静，将汹涌的欲望化作淡然。

就连莎朗·斯通这样强悍的女人，骨骼那样粗大，智商那样过人，一袭低胸白色直身裙，款款走来，这妖娆中断然的一白，让你怎么也提不上气，生不了恨，白色是性感。

白色之所以好，其实不因为它的优点，反而因为它的缺点——它太脆弱了，一点点腌臜格外显形，你能忍受那袖口的一点泥迹么？你能忍受胸口的一圈污渍么？你不能。宁为玉碎不为瓦全。亦舒说，“白色衣服必需穿一次洗一次熨一次，打整需时……白衣白裤，貌似简单，看实包含无穷学问。没有什么是偶然发生的，事主永远要付出庞大的代价”。

电影《蓝色茉莉》中，时装迷提到茉莉的上流社会太太的审美，用的全是易脏、不易打理的颜色，浅粉、浅蓝、香槟、米色、烟灰，白色衬衣、淡蓝色的开司米短衫以及那只高贵的淡卡其色爱马仕铂金包……一旦脏了怎么办呢？当然是扔啊。“一件衣服只穿一次啊，最多穿一季，就一定要扔，因为没有型了。”这是一位画家女儿的原话，她从小就是一季换一次衣柜，百分之八十的衣服都会被处理掉，这是从小富裕的生活滋养出来的断舍离。不买那么多，只买一点点，简单、干净、爽利。

而身为平凡人类的我们，在漫长而大半无聊无奈的生命里，能守住的，大约也就是衣橱里的这一片白吧，再不济，还有花瓶里的一丛白，退至最后，你总可以在深蓝的西装里翻出两方雪白的尖领吧！

还有能力白一下的时候，何妨一白？在有能力爱的时候，何妨一爱。

经过那么多浑浊的日子，踏过那么多泥泞的过往，没什么，只要过去了就好了。

“只有最含蓄的人才肯穿白色——风流不为人知，辛苦不为人知，因为一个人最终要面对的，不外是他自己。” 也许正因为这样，你依然希望在某个寂静的午后，在细榕树的绿影下，看到一个白色的身影，这种渴望的心情，一如远航的水手盼望寂寞的蓝色海面突然亮起白色的帆影。

我爱白色。

白衬衣最著名的牌子无疑是 Anne Fontaine（安妮·芳汀），这是 1994 年创立的法国牌子，以黑与白为主，质地上乘挺括，在伦敦和巴黎逛街的时候不妨买下一件，毕竟比起国内的价钱，欧洲的 Anne Fontaine 要便宜了一半不止。

anne FONTaine

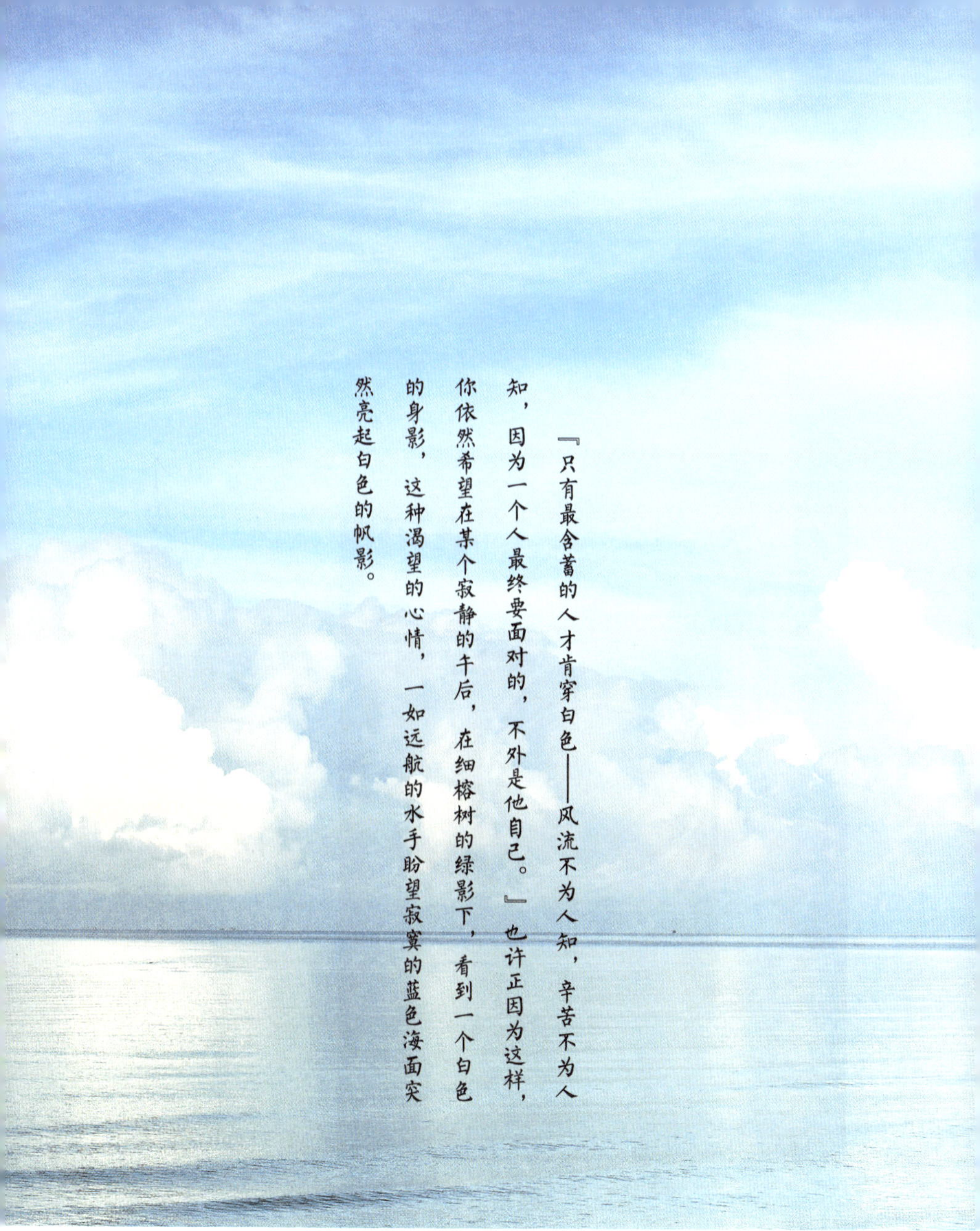

『只有最含蓄的人才肯穿白色——风流不为人知，辛苦不为人知，因为一个人最终要面对的，不外是他自己。』也许正因为这样，你依然希望在某个寂静的午后，在细榕树的绿影下，看到一个白色的身影，这种渴望的心情，一如远航的水手盼望寂寞的蓝色海面突然亮起白色的帆影。

一个发誓不扎耳洞的女人只有戴耳夹

这是在香港买的 Vintage 金色耳圈，十分百搭。

我是一个发誓不扎耳洞的女人。

为什么呢？

因为我怕痛——蓝小姐说我应该永远不会自杀，只要哪里不舒服立刻紧张地吃药，扎手指查血都要犹豫半天，“没有比你更爱惜自己的人了，你怎么可能得抑郁症……”她说。

可是我确实有过一段很抑郁的时期，但最后都被我克服了，我想克服的原因大概是因为我从根子上很怕痛，你看，一个特别珍惜自己的人连抑郁症也是犯不长的。

因为不想扎耳洞，所以我看着世间那无比美丽的各色耳环只能忘洋兴叹，用不了，于是我的收藏兴趣就转向了耳夹，原则只有两个：第一，不痛；第二，好看。

但要满足这两个条件的耳夹真的太难找了，早些年，真的是很少有牌子会出耳夹的，清一色都是耳环，就算有一两对摆出来，也是丑得要命。也就是说，大部分的首饰品牌是默认女人一定有耳洞的，可是，真的有人没有啊。

最开始的寻宝是在淘宝上，鉴于乡镇企业粗糙的生产力，几乎没有能用的耳夹，戴上都很痛。无论是隐形耳夹还是U型耳夹、螺丝耳夹、夹子耳夹，都各有缺点，隐形和U型耳夹容易掉而且不能承重，螺丝耳夹使用很麻烦，但无论哪种耳夹，一旦戴超过两个小时耳朵一定痛。

后来我去深圳出差，偶尔在深圳罗湖城的一个小铺头里意外地发现它家耳夹不痛，混熟了以后老板娘还常有一些专门卖给外国人的比较夸张有艺术感的款，而且她还特别为我提供服务，把大部分的耳环加工，改成耳夹款，有几年的时间，我是她的主顾，但也仍然是会掉的，真是深以为恨。

一直到我去挪威，才发现原来也有做耳夹的品牌，为丹麦皇室做东西的小牌子乔治·杰生有好多很好看的耳夹，看来北欧女人和我一样怕痛，为了美，也忍不了痛。那次，我在哥本哈根的机场买了两对，价格均在一千到三千之间，它家的耳夹值得一买，隽永，恬静，永不过时。

葡萄叶是它的经典款，但老实说，我用得很少（在很多领域鄙人都好庸俗，香水不香买它干吗，耳环不亮，买它干吗，但是作为经典，收藏一下也是好的）。

再后来，我发现一个更广大更适合我的领域，就是 Vintage 市场。

早在上世纪七八十年代，大牌就出了很多形式夸张，很有艺术感的耳夹，所以 Vintage 市场上，不时有香奈儿、范思哲这些大牌子的 Vintage 耳夹，价格不贵，有一些合金质地特别好，成色多少年如新，特别适合我

们这种耳夹爱好者。但唯一的问题是真的要撞上才有，一旦撞上了，就要下手，稳准狠。

上次去香港参加卡地亚的活动，我们在中环一家摩登餐厅吃饭，等位的时候，我想去溜达一会儿，结果发现了一家街边的二手店，里面有好多耳夹，而且一看细节，就知道是真的，狂买了一通，直到同伴们吃了半餐饭，才发现有一个人突然不见了，原来她迷失在二手店的古着耳夹的狂喜里。

这世界上有愿意扎耳洞的女性，当然也就有不愿意扎耳洞的女性。

扎耳洞当然会让选择多很多，但不扎耳洞也会让你有一种剑走偏锋的快乐，正因为很难买到称心如意的好看耳夹，所以买到时才更开心啊！就像不愿走大路的人，更享受在小路上的快乐，正因为难，所以更快乐。

一念至此，感觉又要去买对耳夹了。

耳夹的使用心得：

1. 耳夹的选择基本同耳环没区别，想显脸长就选吊坠形的，想有性格可以选几何形的，可惜耳夹很少有吊坠形，大概不能太重，否则容易掉。

2. 一定要试戴，我作为一个资深用家负责任地说，价格确实与舒适度通常成正比，但也不是全部，香奈儿的耳夹也有痛的，一定要试戴，多贵都要试戴，相信你的耳朵的感觉。

3. 如果要淘新货，其实去日本买是不错的选择。

4. 再说一句，耳夹是易掉的，请务必珍惜，把每一次戴上都当成是最后一次，这样，也许你们才会相守得长久。

①香奈儿水晶耳夹，约2500元。

② Michal Negrin 红宝石长耳夹，约1000元。

③ Georg Jensen(乔治·杰生)月光石耳夹，约2000元。

④ daartemis 花瓣系列耳夹，约1600元。

珠宝还春记

这条卡地亚梨形巨钻项链的所有者是伊丽莎白·泰勒。理查德·伯顿当时花了近一百一十万美元购买，现在市值亿元以上，算上通胀，还是赚的……

我做媒体多年，多少与时尚沾一点边，因此十分爱看珠宝展。

珠光闪闪，凝聚了多少人的精力与金钱的魅力，光是看到就让人浮想联翩。

我有个朋友曾经多年从事高级珠宝的销售，公司设在巴黎芳登广场，密室铺满丝绒，一般人不得其门而入。客人都是辗转介绍来的，因为没有富可敌国的资产，还真玩不动这个游戏。

以前香港名媛章小蕙爱买时装与杂志，被人说奢侈，她一句话反击："我还没有玩珠宝呢。"可见珠宝之贵，超乎想象。亦舒小说里，入门款是蒂芙尼，有钱了是卡地亚，她的小说《喜宝》里有一段经典对话：

> 聪慧又说："爹很宠妈妈，妈妈的珠宝都是辜青斯基的。"
>
> 我诧异："卡地亚的不好吗？"
>
> 聪慧笑："那是暴发户的珠宝店，暴发户只懂得卡地亚。"

有家底有品位的人戴辜青斯基，英文名是 Kutchinsky，这是一个波兰的古老珠宝品牌，它的特点是宝石极其大颗，镶嵌则较为简单，说法是"珠宝本身已具有不可替代的美感，不需过分繁复的装饰来掩盖它本身的光辉"。

但这已经是旧时代的故事，辜青斯基早在 1991 年被伦敦 Hilton Jewelers（希尔顿珠宝）公司收购，它在伦敦骑士桥的最后一家店关掉之后，新世代的人们大概只能在古董市场感受它的传说了。

拜中国经济高速发展所赐，近年各大品牌珠宝商纷纷把目光投向中国，欧洲人买不动的天价珠宝，到中国来自有人消受。而所谓的高级珠宝更是夺人眼球，一套香奈儿几万几十万，高级珠宝的等级更上一层楼，从百万到千万不等，业内公认的高级珠宝一般需具备以下四个条件：

一，必须是那个时代最上等的宝石。

二，必须是那个时代最优秀的大师设计。

三，必须是那个时代最优秀的工匠纯手工打造。

四，通常只有一件孤品。

所谓可遇不可求，不可复制，大概就是这个意思，卡地亚常常会在拍卖市场或者是欧洲的二手流通市场或者藏家后裔手中回购从前的高级珠宝，有的珍藏，有的加工修复之后，再销售出去，价格更胜从前。

高级珠宝的消费对象当然是富豪，动辄百万千万的价格也真不是人人都能消费得起，而富豪们也相当热衷于买高级珠宝，并不完全是虚荣，也有其他原因。

最大的原因是，高级珠宝是他们财产保值的渠道之一。

身患重病的香港富商就爱送自己的女儿过亿的裸石，原因是大钻石永远保值，普通人常常惊叹一个上市公司苦干一年的年收入都不如在北上深买一套房的升值空间，其实另一个阶层的人们也在默默认定一个现实，那就是留多少现金给子女，不如留一颗钻石，还不用经过银行转账，不惹人注目，轻而易举地避过香港的遗产税，富商精明一世，知道选择。

其次，高级珠宝是仅次于现金的硬通货。

一旦动乱，要避走他国的贵族王孙为了不引人注目，不能多带行李，于是随身携带的一串宝石项链或者鸽子蛋戒指就成了东山再起的资本。

其三，高级珠宝能为实力背书。

不是所有人都可以拥有高级珠宝，只有拥有超级实力的人才能将之占为己有，买下高级珠宝本身是富豪们展示实力的方式之一，为什么伊丽莎白·泰勒最爱理查德·伯顿，有一部分原因大概是他肯一掷万金为她买下La Peregrina（漫游者）珍珠和69.42克拉美钻，显示了一个男人的最大实力与诚意。

最后，高级珠宝是还春丹。

名媛章小蕙坦言每次戴上高级珠宝就有一种飘飘然的感觉，这倒也所言非虚。

南京大学商学院专门研究奢侈品的朱虹老师从学术的角度给我讲述了奢侈品对人的意义。斯坦福大学做过一个实验，测试奢侈品对于男性的影响，让一个男性去开车，普通的车，普通名车，还有价值三百万美金以上的豪车，你猜怎么着？在测血液里的荷尔蒙浓度时，开普通车与普通名车的荷尔蒙浓度相差并不大，但开三百万豪车的荷尔蒙浓度巨高。

所以，价值极高的物品都是还春丹啊，权力与财富是男人的春药，女人也一样，只不过换成了珠宝与名包。于是你更理解《色·戒》了，简直可以改名叫《珠宝的力量》。如此你才可理解戴着火油钻打麻将的阔太们荷尔蒙为什么飚那么高，在爱恨情天里斗个你死我活，而人们百思不得其解王佳芝为什么在紧要关头要放情郎一条生路却把自己送进鬼门关，大概那一只粉红色的鸽子蛋戴到手上之际，荷尔蒙陡然冲顶，才会突然有了这等不合常理的行为。

于是乎，求婚要用钻石也突然有了更合理的解释。

是的，对于人类这种动物，珠宝就是费洛蒙香氛，珠宝就是还春丹，珠宝就是那电光火石的意念改变器，可惊，又可叹。

伊丽莎白·泰勒简直是一个行走的珠宝显示器，一生嫁八次，跟哪个男人都过不久，只有珠宝陪伴一生。

一生之鞋

我的朋友，哲学家岁岁跟我公布了她最近两个研究成果，其一是成瘾说：男人易对做什么上瘾，女人易对有什么上瘾。比如男人会对打牌上瘾、对钓鱼上瘾、对照相上瘾、对开车上瘾。但女人呢？则易对衣服、对包包、对巧克力、对某类男人、对鞋子上瘾，其中包瘾、鞋瘾大不同，有包瘾的女人属于退让型，有鞋瘾的女人属于进攻型。

何以为据呢？

她眼睛不眨地说因为包包是圆的，而鞋是尖的。那如果既对包包上瘾又对鞋上瘾的女人是什么型呢？她眼睛也不眨地说那就是综合复杂型。对于这种眼睛都不眨就胡说八道的人，我嗤之以鼻，不过，对有鞋瘾的女人我倒是着实印象深刻。比如前菲律宾总统马科斯的夫人伊梅尔达那三千多双鞋，那摊在一地五颜六色的鞋最后都变成了她奢华的罪证，而肯尼迪夫人则真的是自己有钱，特别是后来嫁给希腊船王，一次豪买五十多双顶级名牌鞋，怕是也刷爆了船王的卡。我采访过的一个现实生活里的“鞋痴”，大约有四五百双鞋，她对每一双鞋的来历与故事都如数家珍，每一只都精心地擦拭，而且她还给每双鞋子拍照留念，再把鞋的玉照贴在鞋盒外面，以便拿取，这足足有一面墙之多的鞋照还是相当震撼的。

前些年，英国的《哈泼时尚》就做过调查，百分之五十的英国女人拥有超过三十双以上的鞋，百分之八的人甚至有超过一百双的鞋，一千名受访者当中，七成五的女人有恋鞋癖。

对“鞋痴”来说，好鞋就是她们的“百忧解”，据说张小娴一感到郁闷，就出门买鞋，一买几双，她喜欢前面有小交叉的 TOD'S（托德斯）平底鞋，会“多买几个颜色，也就不用再四处去逛”。更令人叫绝的是，同式同样，她还会买一双鹿皮的，买一双漆皮的，再买一双绢的，因为“这样冬天也可以穿，夏天也可以穿”。有人就会奇怪了，冬天也穿夏天也穿不闷么？同为“鞋痴”的刘若英就深明其义：“鞋子就像男人一样，要找到合适的并不容易。”

我人矮、脚肥，尤其难买鞋，记忆里最爱的鞋是一双小羊皮鞋，特别软，有一点跟（对矮子来说这很重要），特别轻，特别好走，而且显脚小。确切地说，它是一双坡跟芭蕾鞋，我那几年连去旅行都穿这双鞋，穿到后面几年，我发现跟上的皮子都没有了，因为太喜欢了，以至于鞋破了我也一直舍不得扔。有一次一个补鞋公司想和我们合作，我把这双鞋寄去，希望他们将它修旧如新，结果他们说这鞋太烂了，拆了以后发现只有鞋楦能用，其他都修不了，于是帮我复制了一双同样的回来。我一看样子倒是一模一样，就是皮子用得不对，我的那双鞋是那种黑色带点弹性的羊皮，他们用的是牛皮——还是有点伤心欲绝的，因为世上唯一一双跟我最好的鞋就这样去了。

后来，我和蓝小姐做公号，我们大概每个月会推出一个联名款商品，她就帮我做了一双坡跟玛丽珍鞋，我称它为一生之鞋。虽然被很多粉丝说不好看，老气，但是我还是固执地经常穿，一是因为确实穿上很好走，又轻，经折腾；二是我喜欢这复古的调调；三是因为这里包含着一个朋友对你的情义，还有谁会认真帮你实现一个近乎不可能的幻想呢？

拥有一个真心又能干的朋友，真是幸运，不论男女。

Repetto（丽派朵）袋子和鞋

高跟鞋就真的要试才行，无论多贵的牌子，负责任地说，所有超过八厘米的单底高跟鞋都是不舒服的。

当然不舒服的时间分长短，有些是一秒钟不舒服，有些是十分钟不舒服，超过一小时还舒服的鞋简直是人间极品，除非前面有五厘米高的防水台，但有五厘米高的防水台的鞋子还能看吗？

我是一个完全不能穿高跟鞋的女人，一旦超过一个小时，我就会变得暴躁无比，所以如果万不得已，一定要穿高跟鞋，我会在包里放一双Repetto。Repetto创建于1947年，当年的品牌创始人罗思·丽派朵（Ross Repetto），她家最出名的就是芭蕾鞋，但显脚肥，唯有这款新的阿拉伯风格的平底鞋，包脚显瘦，极好走。我还有一只同牌子的袋子，粉红色软布，质地特别柔软，每次背上它，我的心也跟着柔软了。

拒绝毒品
珍爱生命
举报电话：公安110 文化12318

美好的物什

第四章

五百块以下那些带给我极大快乐的好东西

我的朋友薇薇恩小姐出了一本书，写她的单身生活，我在睡前津津有味读了三个晚上，一边读一边呵呵地笑。

我发现书里面最让我感兴趣的不是她丧萌丧萌的心情（当然也是喜欢的），注目得最久的反而是她随手拍的那些照片，以及她在世界各地搜罗购买的边边角角的东西，比如她最喜欢的D. S. &Durga（DS杜加尔）香水，她最喜欢背砧板回家，爱慕家居品牌Beam & Anchor，以至于愿意去当店员……

对于恋物者来说，有一个特质大概是相同的，那就是对于物质深刻的眷恋，因为那是生活里唯一坚不可摧的东西。

前男友早在心里死了一百八十回了，但和他初次相会时你偷偷留下他按在玻璃樽的烟蒂，仍然留在你的百宝箱里，像《鉴证实录》里的证物一样，用密封袋放好，闲时拿出来看看，嘴角沁出一丝嘲讽的微笑，哎，那时怎么会那么迷恋他呢？

你看，感情多么脆弱，一早烟消云散，不如一个烟蒂伴你长久。

在这个物质丰富的城市，你可以买到任何东西，在Bergdorf Goodman（波道夫·古德曼百货）或者Barneys New York（巴尼斯纽约精品店）转悠的时候，你会发现物质的美感是那么不可抗拒，并深具自我精神气质，甚至有时，你未必是买，只需放大感官去感受，或者去学习，没错，物质也是需要习得的，不然你只是一个没有判断力的消费者，是粗鄙而野蛮的。

深夜看到薇薇恩这一段，不由得击节赞叹。

确实，物质有时候不是物质，它是我们精神的一部分，甚至是自我的一部分。如果你是一个敏感的人，你甚至能感受到它身上散发出来的味道与精神，它的创作者的气质与愿景，你在使用时对它的价值的实现。

当然，另一重的意义还在于你在享受它的时候得到的精神与肉体的抚慰，就像资深恋物狂说的，奢侈的并非物质本身，而是它所能带来的幻想。

什么叫好物？

我认为如果一件东西每次拿出来，看到它，你都会从内心升腾起一种由衷的愉悦，那这就是一件值得的物什。而这种愉悦如果能超过两个月，简直就是一件超级好物，无论花多少钱都值得。

当然事情并非到此为止，作为一个金牛座我得补充一条，贵固然是好，那贵的好是应该的，如果一件东西又平价又好，那就是好上加好，力压群芳，不拥有五件不足以慰平生。

以下是我生活里八件不超过五百但给我带来过持续快乐的东西。

1. 邦妮的信

邦妮在我生活里简直是一个神奇的存在，尽管我和她从不谈心，只是在朋友圈里遥遥地注目，但她永远像我乐意见到的生活里的光与电。

有一次不知道为了什么事，她写了一封信给我，我看到里面的这几句

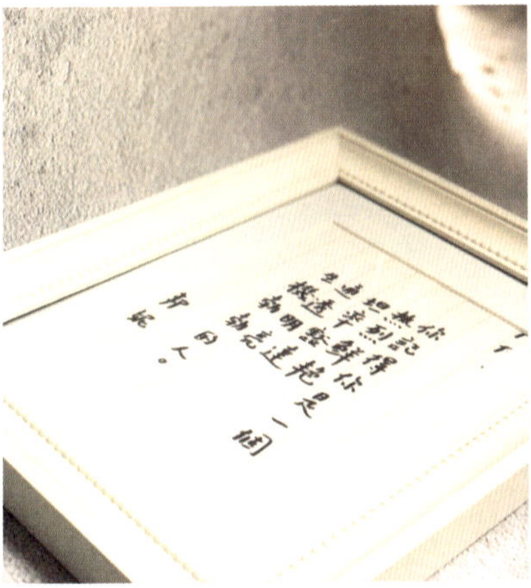

邦妮的信，字来自邦妮，镜框购自宜家。

购自清迈艺术文化中心的扇子。

话：“你记得你是一个热烈鲜艳、坦率豁达、通透明亮、生机勃勃的人。”就要求她重新写下来寄给我，在镜框里放好，放在床边。

我当然没她说的那么好，相反，真实的我反倒是这些话的反面，我经常冷漠晦暗纠结拧巴，但我真心希望成为她说的那个人。当我实在没有勇气没有力量起床的时候，我就看看它，哎，你有可能成为邦妮说的那种人哎，你要加油啊！

你看，有时人生需要一些特别人士的肯定，因为我们都不想成为令别人失望的人啊。

2. 清迈艺术文化中心的扇子

这把扇子是我的真爱，每次拿起来我都高兴得无与伦比，大概因为又好看又便宜。那些龟背竹多美啊，清迈市博物馆买的，二十来块钱，每扇一下，觉得空气都是绿的，好值好值。后来我再一次去清迈，特地去博物馆的小店再买，已经买不到了。

3. 金杯

经薇薇恩老师启发，我心目中最坚韧理想的单身生活是成为一家凉面店的女主人：早上四五点起来，花一两个小时为自己做当天唯一一顿只为自己而做的早餐。此时世界还没醒来，在厨房的黄色灯光下，伴着烧开水的声音，闻到面里葱的香味，拿起杯子轻轻咽下冰镇过的啤酒，当舒爽抵达胃部之际，你会觉得人生的一切都可以欣然接纳。

而这只在表参道的一家小店里拿回来的锡杯就是我心目中餐盘上的啤酒杯，它外面镀铜，大小刚刚一握，只能说，尺寸对女人来说太重要了，非常适合担任我心目中早上喝一杯啤酒的容器。前段时间，我在它上面供

表参道铜，购自日本，价格约二百元人民币。

了一只带着一片叶子的橘子，竟也非常适合……

4. 九谷烧

一百九十九元，购于淘宝，真是美，看一次高兴一次。

5.《传奇》

再买五个香奈儿包，大概也没有这本二百多块钱在孔夫子网上淘来的《传奇》带给我的快乐多。

1946 年 11 月由山河图书公司出版，它是《传奇》的第二版封面，由炎樱设计的：一张晚清的时装仕女图，画着个女人幽幽地在那里弄骨牌，旁边坐着奶妈，抱着孩子，仿佛是晚饭后家常的一幕，可是栏杆外，很突兀地，有个比例不对的人形，像鬼魂似的，正好奇地孜孜往里窥视……

终于，终于也和七十年前的上海，七十年前的张爱玲，七十年前的民

小鸟九谷烧，购于淘宝，价格约一百二十元人民币。

1946 年版《传奇》，购于孔夫子旧书网，价格约二百六十元人民币。

国有了一点点联系。

6. 香奈儿身体乳（No.5 Chanel The Body Lotion）

香奈儿的东西一般来说是很贵的，但是这一瓶在香港买的话不超过五百块。

自问也用过很多种身体乳，但从来没有哪一种像它一样让我倾心。我喜欢洗完澡或者出门之前用它来打底，脖子、胳膊、手，全身心都笼罩在一种 No.5 的浓香中，但很快，这种浓香就会慢慢变淡变低，潜入你的皮肤里，让你一整天都生活在一种不骚扰他人却低回婉转萦绕的暖香里，一天的心情都很美。

嗯，其实大部分的时候真的不用涂香水，最女人的香大概用洗衣珠与身体乳就可以构造成了。

香奈儿身体乳，购于香港海港城，价格五百元人民币。

爱马仕香水，我和蓝小姐各用一款，购于香港，价格七百元人民币。

7. 爱马仕（HERMES）橘彩星光女士香水

有一天我去找大美女谈事，她带我去找人，下楼的时候，从她身上传来极好闻的香气，我赶紧问是什么牌子，结果就得到这瓶爱马仕。

爱马仕的香水一般是木香，只有这种极为深情、绵长，这是我喜欢的感情，据说里面有龙涎。

8. 香茅香氛（WAN WAAN DIFFUSER)

有一个老故事，讲富翁临终前想测试三个儿子谁聪明，好把财产传给他，就给他们每人十文钱，让他们买东西填满一间房子。大儿子放弃了，买了个烧饼自己吃了；二儿子买了一车便宜的禾草，但还是没有填满；聪明的三儿子在晚上买了根蜡烛，光芒一下照满整间房子……

点亮整个家需要蜡烛，但是要点亮整个家庭的气氛，那就肯定只有香氛了。

香茅香氛，购买自泰国清迈，
价格一百元人民币。

我知道家居有香氛还是很多年前出差到北京，住在东四的国际青年旅舍。北京的四合院，始终有一种挥之不去的潮气，但是我推开房门时空气就变了，绿色的墙，白色的被子，屋子里始终有一种淡淡的橙香与茉莉的味道，好像整间房子被阳光加持了，洁净干爽，有一种无名的欢欣。

我住得很高兴，后来打扫房间的阿姨拿走一个什么东西，房间突然就平庸了，这才知道那给我带来无尽阳光幻想的仅仅只是浴室顶上的那一瓶快要用完的果味香氛。

但自此走上了漫漫的淘香氛的道路，这东西真的靠碰，靠闻，碰上你喜欢的，要多买几瓶，我最近的新宠是泰国自产的这种香茅香氛，让我想起那一年仓皇中去到巴厘岛，在一家美丽幽深的旅舍第一次闻到这种香味的震撼，对我来说，它象征着新的世界，新的生活，还有强烈的安全感。

其实生活里的很多美好不用靠钱就能获得，比如春天看到雨中的桃花，夏天闻到荷花的香味，秋天采下桂花晒干，冬天喝到一杯热滚滚的茶，那种香气和满足是多少钱都无法换来的。

我喜欢桂花,秋天把桂花采下、晒干，等于贮存了一个秋天的美妙。

马可那个绿色的大包里有什么？

生平喜欢有意思有品位的人。

见到有人衣服好看鞋子好看裙子好看，会第一时间凑上去问，哪里买的……强烈的对美好的人与物的好奇心，大概是我选择当记者的原因。

从前我在一家时尚杂志社工作，于是借工作之机策划了一个设计师的随身私物的栏目，借机找到马可约了一个采访。

我想见马可，完全不是因为后来的“例外”（马可创立的第一个品牌），而是早有心结。

大概是 1993 年、1994 年的时候，我在我们大学的阅览室里翻杂志。那时中国的时尚业刚刚起步，时尚杂志少得可怜，有关时尚的内容更是少得可怜，我在杂志里看到了中国时尚界的盛事“兄弟杯”，她得了第二届的第一名。衣服叫“秦俑”，用本色真皮切割成小块，细皮条编织而成，很符合那个时代的审美，又简单又有力量，马上就记下了这个名字。记得最清楚的是在采访里她提到她衣服的皮料是自己躲在湖南乡下用手揉出来的——所以说她成功也没什么好意外的，因为真是吃得了苦。

约采访很顺利，那时广州的时尚圈挺小，她说晚上十点以后才有空，于是我们约在五羊新城一个小咖啡馆里见面。她带着一个超大的军绿背包。里面是零零碎碎的东西。后来我带了我们杂志社一个靓仔摄影师去拍她，她死活不肯出镜，最后，摄影师只好拍了她的侧影和手上的笔——她头发和身材都好。

我记得那天晚上我迟到了，只能自嘲说已经很久没有遇到说十点四十到，一定会在十点四十分坐在那里等的采访对象了。推开门，她笔直地坐在那边，像个大学生，比想象中的瘦、漂亮，眼睛黑白分明，闪着光，不像照片里那样倔强。

卡其色的棉T恤，淡蓝牛仔，声音柔和，语调坚定。外人看来她行事决断，她说她只是头脑简单——天真也好、真实也好，反正她忠于自己。

我问："你有哪些最喜欢的东西？"

她说："没有什么能称得上最喜欢，我是那种提着一个包就可以走的人，身外之物，没有什么是不能舍弃的。"

然后我妥协："那就谈谈你平时喜欢用的十样东西。"

她想想，就笑了："好像没有十样呢！啊！怎么办呢？少一点行不行？我们数数看！"

1. 签字笔

最普通的那种黑色签字笔，随便哪个士多都可以买得到的那种，只要好写，就用。

直到现在都不太爱用电脑，画图时就用签字笔，我觉得不同的笔尖和纸摩擦的声音，有细微的差别，但都很美妙。记得一二年级的时候我曾经在作文里这样写：我这一辈子注定是和笔和纸打交道的。如果将来当不了作家，大概也会以纸和笔谋生。哈！还真的说中了。

从小我就爱画小人，每天中午的时候，班上的同学在我桌子前面排队，干什么？要我画小人哪！这个说："我要一个外国公主，卷卷的头发、长长的白裙子！”那个说：“我要一个古代的，高高的髻，有凤钗，长飘带。”反正人家能说出来我就能画出来，然后他们就把这些画贴在铅笔盒里，或者书页里，上课时偷偷瞄一眼，被老师发现了，最后我挨骂，谁叫你给他们画小人的！

直到高二我才开始正式学画，所以高考的时候颜色和素描都不太好，但我考的是服装设计，主要就是在画小人和衣服，那是我干了十几年的老本行了，所以最后艺术成绩出来还不错，看，就算到了现在，不也还是天天拿着支笔在纸上乱画小人。

2. 面料

我喜欢所有的面料，所有可以做成衣服的原料。

1993 年参加兄弟杯的时候，整个冬天我都躲在湖南一个偏远的乡村里做“秦俑”成品，那套系列用到的面料包括皮、麻和木头，全是纯手工完成的，一年之后我的手上仍然可以看到全是大茧子。而且因为要腌皮和染色，手完全变了，而且都是大口子，现在那里的人还在说：从没有见过这么能吃苦的女人。

我觉得每种原料和人一样都有自己的性格，皮有皮的感觉，布有布的感觉，每年去国外参加面料展的时候，我觉得自己像个医生，不停地望、闻、问、切，接收它们给我的感觉、触觉、味觉、声音和透明度，想象它们可以用在哪些不同的人身上。

3. 一生之水

最喜欢的香水，喜欢它的味道，很清。

还有它的设计，你不觉得它的形状很美吗？非常大气圆熟，我不喜欢在外表上花太大心力，所以头发是最简单的直发，平时除了简单的护肤品，不化妆，再穿上一层一生之水的香味，已经足够了。

4 .CONSLINE 戒指

CONSLINE 牌，铂金的。

当时，第一次在专卖店看到它时，心想：咦，这是什么东西？一个小框套着小圈圈，像七巧环。然后拿起来一看，啊！明白了，是只戒指。然后就往手上一套，买下来了。

它还有一个作用，就是用来测人的直觉，认识一个新朋友，把它往桌上一丢，让人猜有多少个？可以看出她直觉有多准。直觉是一件最重要

一生之水

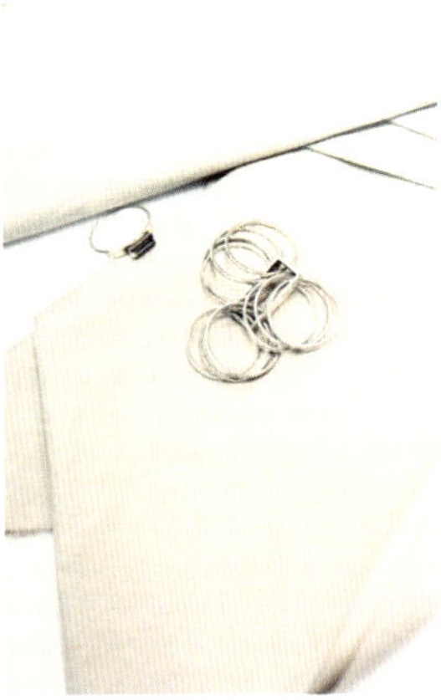

CONSLINE 戒指

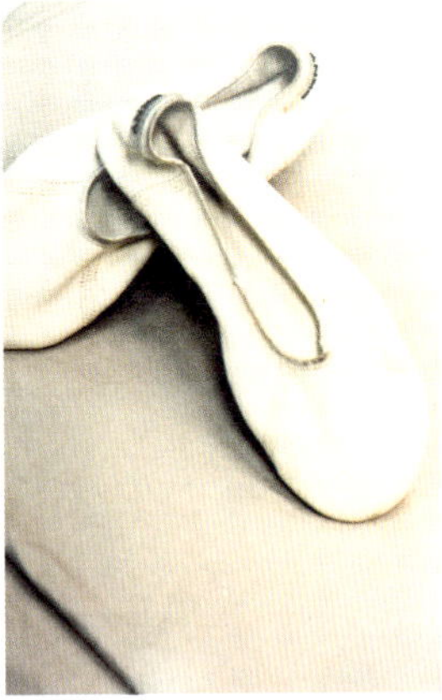

DKNY（唐可娜儿）舞鞋

的事。

旁边这只钻的也是同一个牌子，两个可以配成一套。

5. DKNY 舞鞋

朋友送的。实际上是双只能在家穿的鞋子，透明的底，白色羊皮面，握在手中有种温柔的触感，平时在家休息时穿着特别软又轻巧，很舒服，所以如果出差，我会带着这双鞋。

另外因为这双鞋很像芭蕾舞鞋，读大学的时候学过一阵芭蕾舞，穿上它有一种奇妙的感觉，觉得时光浮动，让人有点感慨。

6.《HI FASHION》

我最喜欢的一本杂志，只要碰到我就买。从内容到版式都喜欢，可以给我很多灵感。

《HI FASHION》杂志

作为一个设计师，当然要看很多的时尚杂志。对，它是日本杂志，有人说我的设计很日系，我不否认受日本设计师的影响最大，比如三宅一生、山本耀司、九保奈美。其实大学的时候，对于设计我是完全没有入门的，老师说伊夫·圣·洛朗是大师，我们就得认为这是对的，但实际我是不喜欢的。毕业之后朋友介绍日本设计师给我，我才突然发觉世界豁然开朗，半年的时间里成长很快，发现这才是我真正喜欢的东西，毕竟那是真正东方的东西，那是我设计上的一个重要的阶段。

7. 手表

也是巴黎买的，不是很有名的牌子，但我喜欢，简单。

天天戴着，棕色的表带银色的表壳，看到它就觉得这是我梦想的表。

8. CD

现在这个阶段听得最多的一张 CD。

手表

CD

我很喜欢听音乐，做设计的时候肯定是要放音乐的。设计一般是在办公室，别人都下班了周围很安静，最后把完成的最新的作品挂在墙上、模特上，再放上这CD，欣赏了又欣赏，心里会有一种庞大的幸福感。

还有这个DKNY的CD袋，因为爱旅行，又爱音乐，所以这个便携式的CD袋陪我走了好多地方。其实是和舞鞋一块送的，同样的白色羊皮，摸上去舒服，而且因为是羊皮，可以把CD保护得很好，是特别实用的东西。它空的时候只有一小团，不占地方，可是装CD至少可装十张，足够我整个旅程听的了。

9.《喜马拉雅》

我最喜欢的一本书，也是我最想去的地方。

书是巴黎一个书店里找到的，法国一个摄影家的作品集，照片拍得非常好，看了之后更加想去我梦想的地方，本来就是想去的，这本书更加坚定我的决心，可能七月会去西藏，或者绕喜马拉雅一圈。

《喜马拉雅》

10. 超大绿军包

这只包是在香港买的。

我喜欢它是因为它简单而且很有设计感，细节温馨，又有旅行感，又够大，有了这样一只包在身边，会给你一种感觉：你随时可以起程，去到任何你想要去的地方。虽然你不可能真的随时起程，可是哪怕是有这种感觉也是好的。太忙的时候我常常对自己说：没关系，如果要走的话随时可以一只军包走天下，不用怕！

希望这只包在我三十五岁后可以派上用场，对，我希望自己能在三十五岁的时候退休。

然后呢？然后就旅行呀！旅行厌倦了就看书或者做设计，做任何我想要做的事，但是绝不是工作，“Just for fun”（只是为了乐趣）。

这是很多年前做的采访，采访马可的时候，我什么也不懂，但是我模模糊糊地知道经济自由之后有品位的女性的某种取向，质朴，大气，简单，很女性，又很有力量，自娱自乐，自我满足。

后来马可与那时的男友后来的丈夫分开，也离开了“例外”，隐居在珠海，挺好。她说三十五岁要退休，也算做到了。

这个时代，爱与不爱，都是瞬间的事，每个人都只能陪另一个人走上一段，都没有关系，对于女人来说，最好的是我们还可以工作，还可以创造，还有美好的物质相伴，我们就还可以各自往前走。

不是么？

超大绿军包

新移民的花事

我是上世纪九十年代末期来到广州的，一住就是十几年，算是真正的广州新移民。

我们那个时代，广东还是改革开放的前沿，去广州、深圳是大学生的第一选择。刚到广州的时候，我们杂志社的主编提起北京和上海就撇嘴：北京人啊穿得真土，上海的报纸没法看……俱往矣，风水轮流转，现在是我北京上海的朋友一提起广州就撇嘴：你还待在那偏居一隅的地方干吗，还不赶紧投奔我们。

可是我就是喜欢偏居一隅啊，就是喜欢这偏居一隅的城市啊，廿年沧海桑田，无论广州在时代的格局里如何变化，我这个外地人，是真真正正爱上了广州。

你到底爱它什么呢？他们问。

我爱它有花，北方有花么？一年四季有花么？而且有广州这么便宜么？每次我把这连珠炮似的三个问题抛出去，他们就哑口无言了。事实上，每年秋天当他们看到我在朋友圈晒那些主干道边上开得轰轰烈烈的紫色三角梅植物带，形如紫色蛟龙，也忍不住点赞。

广州的花开得特别洒落，这是我第一眼就爱上广州的原因。记得当年第一次坐火车到广州火车站时，透过慢慢移动的车窗，我看到铁路边大棵大棵的吊钟花，紫色的红色的白色的黄色的，肥美硕大，衬着火车站塑料袋乱飞的场面显得格外惊心动魄。我这个湖南来的土老帽冒出的第一个念头居然是：这么美的花为什么没人偷？

在我的老家，季节严酷，花都长在巨高的树上，或者是围在别人的园中，就这么开在你身边，触手可及，还真的极少极少。碍于天气，碍于地域，花在北方是个奢侈品，特别娇贵，特别稀有，不属于平常人家。谁家会花大价钱去买这种转瞬即逝的东西，所以在广州住的头些年里，我诧异于买菜的老太师奶的菜篮里总放着用报纸包着的几枝剑兰几朵小菊。天哪，这些广州人真的像买菜一样买花呀，真奢侈，真怪异，就像我妈常说的，为什么要买花，真浪费。

你看，要融入一个地方有多难，要花很长很长的时间。我到广州六七年之后，才开始真正有买花的习惯。那是因为那一年我终于在广州有了自己第一个报纸专栏，那段时间的周四，我总要骑着单车去菜市场转一圈，买菜买报纸买花，而那束花是为了庆祝我终于实现了心目中的梦想：一个面目模糊的女人，出门买菜的时候，顺便在报摊上买一份报纸，而那份报纸上印着写着她名字的专栏，但周围没有一个人知道她是个写作的人……这是我理想的生活。

也是从那时起，开始了一周一次买花的旅程，一直到现在。

我喜欢广州的花档，因为一般都在菜市场。花档的主人从来没有故作高深的装置，反正花和菜心和肉包子和三文鱼片摆在一个地方，大家都是卖货的人。买花的人呢，也更是平常，“畀一枝蝴蝶兰”，买的人讲得坦然。“好，七蚊[①]一枝”，档主也答得欢喜。对他们来说，买七十蚊和买七蚊的客都是客，买十枝花的是客人，买一枝花的也是衣食父母，买七十

① 蚊：粤语，一蚊即一元。

有朋友从远方来看我，我头一天必然要去买一大束白色香花，顺手还买上一盆牵牛，骑着我的小滑轮车奔波在菜市场与家的路上。

蚊的不会多给一个笑脸，买七蚊的也不会少给一个笑脸，都是老主顾，这便是广州人平视王侯的自在。所谓贵有贵买，平有平买，反正剑兰多少年都十块钱三枝，亚热带的气候就是这点好，插根筷子都能长出藤来的地方，花也不好意思卖太贵。

我的朋友袁姐姐告诉我：植物可以跟人对话，还可以治愈人内心的伤痛。无论多么痛苦，到开满鲜花的园子里走一走，就觉得被神秘的力量拥住，人就好了。我没有她那么神，但我深深地知道，只要花瓶里插上两枝花，一间屋子就会有了生气，一切都好像活了过来。注视着这些神秘的来自自然深处的精灵，你会无缘无故变得特别高兴。

所以，对我来说，花是我生活的一个支撑点，是写作的灵感，也是情绪的安慰剂，而去买花则是我的一个启动仪式。不出意外，我会在每周一的早上，骑着我的小车去菜市场逛一圈，买两束花回来，一束插客厅，一束放书房，回来修整枝叶插花入瓶的那十几分钟，对于我来说，就是一个进入工作状态的仪式——是的，去除那些不必要的，留下美好的，旅途开始了。

“你要一直美美的喔……”我对花说。

当然，花也对我说。

苏州诚品开业的时候，我受邀去采访，买回这只清水花瓶，是苏州工艺美院的一个老师的作品，才四百块钱，但却是我利用率最高的一只花瓶。花材是一束要丢的捧花，**我把花枝上的叶子扯掉，然后拿了一枝已经完全萎掉的石楠，把它们拼在一起，竟然也如此和谐，**这是最开心的一次插花经历。

每个爱自己的姑娘都有一只保温杯

有时候会思索一些闲极无聊的问题，比如中国明星与外国明星街拍的最大区别是什么？

是啊，街拍的外国明星的手里永远拿着一个纸杯，里面是咖啡（也可能是可乐），而中国明星手里永远拿着一只保温杯，里面有可能是药材，也有可能是补品。当然保温杯拿着不太酷，比如狗仔队也拍到过王菲拿着保温杯的样子，这让永远年轻的菲姐多少有了点中年的感觉，毕竟，保温杯这种东西是跟养生紧紧地联系在一起的。

基本上，我见过的那种特别珍爱自己的姑娘包里都有一只小小的保温杯，当然我也见过有自带水果自带鸡翅的，那就有点太累赘了，但保温杯是必需品，这跟各国的文明发展水平有关。比如在洛杉矶的 Shopping Mall（购物中心）随处可见公众饮水台，而在广州你要喝水只能找便利店，所以小小一只保温杯，代表着某种安全感。

另外，也因为中国人是热水的崇拜者。

基本上，每一个中医对你的告诫必然是——千，万，不，要，喝，冰，水!!

基本上，每一个跟你有点暧昧的男性发短信必然是：记得喝点热水!!

热水与中国女人的身体息息相关，几乎代表着关爱与温暖，形成了某种有关爱与养生的宗教。于是乎，万人瞩目寸时寸金的明星当然更有理由用这么一只充满爱的杯子，这只杯子通常来自：妈妈 > 爱人 > 助理 > 粉丝……

里面装的东西呢，当然各有奇招，有养生的有护嗓的有发汗的有养颜的有美容的有减肥的，无外乎薏米、红豆、枸杞、罗汉果、西洋参、杏仁粉、蔬菜汁、姜糖水一类。

实在一点的装的是红枣汤和鸡爪汤（前者补血后者补胶原蛋白），豪一点的吃燕窝（据说舒淇巨爱打包吃这个），讲究一点的是阿胶鸡蛋酒酿粥。

调皮一点的是酒（小提示一下，除非是不锈钢内壁，不然酒精一定会有腐蚀）和提神的各种不能说的东西（有巨星唱歌前一定要喝某种自带的饮品，喝完之后上台就变成了另一个人）。

事实上，自带私家饮品在传统梨园行业一直盛行，大老倌们唱完戏一定要拿茶壶喝一壶温水，所谓热嗓子不能喝冰水。而据说梅兰芳的私家饮品就是润肺保脾简单易行的石斛水（石斛在我眼里是一种打成结的草茎，很贵，以雁荡山一带产出为最佳）。

说回明星，为什么喜欢带保温杯，除了拜热水教之外，还因为明星的生活起居不定，颠沛流离，基本都在机场，更需要滋补。另外当然有广告的考量，万一代言的饮料是A牌子，可是喝的却是C牌子，岂不是徒惹麻烦，拿个保温杯就一劳永逸了，当然更是为了安全，酒吧里都知道不能喝别人开过的饮料，更何况泥沙俱下福祸难定的江湖呢。

最后的最后，当然因为虽然只是一只保温杯，但还代表着安全感与爱，千里相送，终有一别，保温相伴，爱意无限。我听过的一个广东籍巨星的女助理荣升女友的例子就是因为伊长年替他煲甘蔗水。

黄皮蔗、茅根、萝卜加马蹄，广东人最常喝的家常汤水，原料加起来可能不到一块钱，居然可以搞定巨星。有人说她是在水里下了蛊，依我看还是因为在万花丛中过的他，在历经百劫之后，觉得拎着保温杯的她最爱他吧！

广东人最普遍用的保温杯是日本的“象印”，朴素，简单，去日本旅行的时候可考虑随意在机场买一个，我记得是一百来块。要花哨一点选THERMOS（膳魔师），德国牌子。有一次我们公号做了一篇软文，推荐了一款安迪·沃霍尔的香蕉系列，我自己也买了两只，蛮可爱，现在手头用的是美国的CORKCICLE（酷仕客），纯钢的，260ml那种，水果冻的颜色，拿在手上就觉得开心。有时要开一天会，带个保温杯泡点姜茶，就觉得这一天基本能扛过去了。

你人生的第一款包是什么？

一

2001 年，我还是一本时尚杂志的小编辑。

现在回想起来，那时候真是个什么都不懂的姑娘啊，看着时髦的同事们穿着长裙夹着烟在亮晶晶的环市东写字楼里走来走去，竟然会觉得翩若惊鸿。

第一次去香港出差住在湾仔，印象最深刻的是会展中心附近空中那些四通八达的天桥，把我转得好晕，就是那一次买回了人生的第一只有 Logo 的包：Longchamp（珑骧）灰蓝长柄 Le Pliage 系列尼龙手提包。

Longchamp 以制造精美小皮具而在法国非常出名，1948 年尚・卡士格兰(Jean Cassegrain) 推出了世界上第一款使用奢华皮革制作的烟斗套，成为世界潮物，巨星摇滚乐巨子猫王普雷斯利 (Elvis Presley) 爱用。第一个手袋于上世纪七十年代末正式诞生。1993 年，举世闻名的经典系列 Le Pliage R 折叠包诞生，多年来，Longchamp 是具典型意义的法国标志性品牌。

其实那时的我一点品牌知识也没有，只不过当时三个同事一起出差去香港，看到她们两个冲进 SASA 狂买、冲进置地狂买，总之她们冲进各种地方都狂买。那时去香港还好难，自由行还要好几年之后才开始实行，而我被她们的狂买震惊了，默默地侧立在一旁等她们。

后来她们冲进了一个包店，淡淡地指点我说：这个牌子是法国的，很出名，又结实又轻，你每次回办公室喜欢拎那么多东西，这个包最适合你了，而且你在时尚杂志工作哎，一只名牌包都不用显得很土哎……

于是刚刚到广州工作两年的我懵懵懂懂就买了所谓人生第一款名牌包，完全不知品牌意义，反正有人告诉我这是名牌，而我刚好又负担得起，就买了。

小号七百多，中号九百多（到现在还是这价格，也算是良心了），我想了半天，选了中号的。这只包结结实实用足了两年，我天天背着它，同事说得没错，确实又轻又结实，放多少东西也不怕，直到磨破了角（当然这也是这个牌子最大的弱点，它永远会磨破了角）。

有一段时间，只要去香港，就必去 Longchamp 逛逛，自己习惯性买了送人，也帮朋友带过无数只 Le Pliage 包回去。后来人民币升值，香港的名牌比广州的东西要便宜两三成，更是常常带。我的朋友小麦和敏儿都是 Longchamp 的忠实拥趸，小麦有一只白底玫红花的 Le Pliage，敏儿有一只很正的全玫红 Le Pliage，简直是那些年里她们俩出门的标配。总之那几年，广州写字圈的女人们几乎人手一只。

刚认识思呈君的时候，知道她从来不屑用任何名牌，于是在香港帮她买了一只小号海军蓝，强令她背，到现在我看她还常拎着。

二

后来消费升级，买了一只红色牛皮旅行袋，实际是 2017 Longchamp 的男式款，同款还有黑色和深蓝色。这只包的好处是有时如果要带四五本

其实生活里特别常用的是这款尼龙大包，装修小公寓时，一点一点从旧屋往新屋拿东西，基本都靠的是这只包，因为轻，也因为结实，放多少东西都不会坏。

最有趣的是，《将来的事》里女神于佩儿离开丈夫，也是拎着这一只大号男式 Longchamp 旅行包，急不可耐地要跑向新的生活，蛮有意思的。

书，它是最佳手袋，短途旅行也非常好用，缺点是略重，拗造型是真正好。

我想起当年我把Longchamp当名牌包对待时不禁哑然失笑，背Longchamp包一定要装满东西，当你把它当成名牌包，不敢使出全力随便用的时候，可不就露出了一点瘪三相。

不过，也是要过很久才懂这些的，慢慢用过，慢慢体会，你才会慢慢弄懂各个品牌对于人的含义：有的牌子可以很昂贵，是用来炫耀的。但Longchamp最大的特点是它不是用来炫耀的，它是让你使劲用的，它全部的价值都是服务于你的生活，重点是，它是质地精良以及有口碑良心的。

所以，就算是现在，凡是女生问我哪一款最适合做人生的第一只包，我一定介绍Longchamp，因为只有Longchamp，你生活里永远用得上。就算将来你买得起几十万一只的大牌包，上街闲逛买东西时，你还是会在你的包柜里选择一只最轻最没有负担最简单易搭配的Longchamp。

好的东西，就是用着合适的东西。

舒适，轻巧，方便，一切以你为主……这样的不经意与随意，才是真正的奢侈品的精神啊！时尚大神不是早就说过：所谓奢侈，就是舒适，否则就不是奢侈。

大号男式 Longchamp 旅行包
购买地：香港九龙 SOHO
价格：一千五百港币

总得要有两个双肩包吧

一

蓝小姐极端讨厌双肩包，我曾经也这样。

第一次发现双肩包好看是十多年前。

去采访一个 4A 广告公司女 CEO，这么多年都很难忘记那位 CEO，香港女人，四十多岁做到跨国公司总裁，短发利落，清丽动人，简直就是活生生的亦舒女郎，所以我又饶有兴趣地坐着她的宾士去她在二沙岛的别墅聊天。下车的时候，赫然发现她背起一只狭长的极简风深蓝色双肩包，天哪，见到这么高雅的女士居然就背着一只双肩包，我不禁吓呆了……

“啊，你背双肩包……”

女 CEO 笑道：“每周都要从香港跑到广州，要带电脑，要放文件，双肩包才方便啊……”

但让我吃惊的是，双肩包背在她身上还蛮好看的！记得女 CEO 当时穿一套蓝西装，三个骨的窄脚裤，黑色小高跟，单肩落拓地挂着一只深蓝色双肩包，手插在裤袋里，居然有一种女侠一般洒洒落落的感觉。

从此以后，我就对双肩包另眼相看，原来决定双肩包土不土的关键在于，是谁背。

二

在寻找双肩包的路上，我也遇到困难重重，要找一只容量合适、不太土，又有休闲风味的可不容易呢。

第一只双肩包是NIKE，我任职时尚杂志时的单位赠品，太过运动风，早就闲置不用了。

第二只双肩包是Longchamp，蓝色尼龙背囊，结实，耐用，可以放电脑，背了好几年。

第三只双肩包还是Longchamp，牛皮的小背包，内里有一层正红色衬底，拉链打开的时候，也是颇性感的，坏处是装不了电脑，只能平时和闺密逛街的时候背了。

第四只双肩包是PRADA，黑色中码，最多人背那种，尼龙，轻，不占位置，容量大，分层多。唯一的缺点就是爆款，很多人背假货，有点不爽。

第五只双肩包是TUMI，宝蓝色配金链，男式。目前来说，这是最适合旅行的一只包，有专门放电脑的隔层，轻身，隔层极多，袋极多，而且价格还是这几款里面最低的，两千多。

三

身为一个随时都要工作的职业女性，总得要有两三只双肩包吧。

它代表了一种更为自主的生活态度，那就是，我对社会给女人规定的那一套不在意了。是的，肩上有负担，可我愿意承担，也承担得起，双手空空，可以插在裤袋看世界，也可以随时撸起袖子大干一场。

进可攻，退可守，万事万物齐备于我，多么自由。

希望你也能有一只好看的双肩包，祝你选择自由。

TUMI 双肩包，美国一个轻奢的商务牌子，偶尔也有适合女生的产品，比如这只双肩包，金链子的配色略有点骚气，男生背不合适，女生就正合适，而且它还有一块牌子，到哪一个铺头都可以刻你自己的名字，这还蛮私人的。

寻找一只圣罗兰

每一天都可以背的包，但其实我并没有每一天都背。因为还是有点重。
但是看到就很高兴，因为这是一个梦想成真的故事。

一

有时候你跟一些物件是有眼缘的，一秒之内，如闪电一样击中你的心，你就知道，你迷上它了，跟爱情没什么两样。

我跟这只 YSL（圣罗兰）相遇就是如此。

有一次从广州去北京出差，我很高兴——坐飞机时你总是在祈祷身边最好坐一个散发着清新香气的帅哥或者美女，而不是一个浑身散发着体味的肥胖大佬。

我高兴的原因就是隔座的姑娘很漂亮很优雅，长长的头发，安静地走过来，礼貌地侧身进来，把黑色的包放在脚下，包是没有拉链的，方形，斜斜地放了一个银色的苹果笔记本。

机舱很暗，黑暗中我看到包里露出一抹非常漂亮的红色，咦，是什么包这么好看，里面还垫了一层红色缎子，还真够闷骚的。

一路上我一直在偷瞄这只包，直到下了飞机我还惦记着，姑娘在前面走，我紧随其后。她很随意地把包挂在左肩上，让我得以仔细地打量着这只包，嗯，正面看起来有点像爱马仕，但是那一抹红超奇怪哟，我从来没有听说过爱马仕会在里面垫一层缎子，那这到底是什么包呢……

这时姑娘马上要下电梯了，她一下电梯就要消失在茫茫人海里了，这是我唯一与这只包相遇的机会了，这种永别的悲伤让我一瞬间鼓起了勇气（我有严重程度的人际交往障碍症）。我快步走上前去对姑娘说："哎，小姐，你这只包好漂亮，是爱马仕么？"

姑娘愣了一下，显然被我惊着了，她以为我是不怀好意想和她搭讪么？然后我听到姑娘木无表情地说：不是，是圣罗兰……

喔，圣罗兰，圣罗兰，我最喜欢的牌子圣罗兰，太好了。我的脚步顿时慢了下来，郑重地对自己说，“我一定要买到这只圣罗兰。”

二

那次一回来我开始跟蓝小姐唠叨我在飞机上见过的这只圣罗兰，因为我的描述含糊不清，她很迷惑，“按你的描述，这应该就是圣罗兰的风琴包，但是风琴包的里外都是一样颜色的，没有哪一款是在里面垫了一层红缎子的啊”。

于是此事就此搁下，我一度想姑娘可能是骗我吧，可能一辈子也找不到这只包了吧。

四月去香港的时候，我们一伙人在 SOHO 里闲逛，恰好看到 YSL，就晃了进去，试了几款都觉得不是我想要的，殷勤的售货员问：“小姐，你到底想要哪款 YSL，我们所有的款都在这里了哦。”

我说：“我想要外面是黑色的，里面是红色的那款圣罗兰……”

他恍然大悟道：“喔，我知道你想要哪一款了，这是老款，不过，刚好我们这家有存货。”

于是他从里屋拿出这只包，拿出的一刹那，我就在心里吹起一阵口哨：天哪天哪，就是你就是你……我终于找到你了……唯一弄错的点是，因为近视眼，我把里面的红色皮色看成了红色缎子。

“Sac De Jour”，帅哥售货员咕哝了一句法语，看我一脸困惑，解释道：“这只包叫 Sac De Jour，就是每一天都可以用的包，好多明星背过……”

我制止了他说更多的话，“嗯，买！”

这就是我寻找我的圣罗兰的故事。

很好笑，又很好玩，茫茫人海，你总是很难碰到你会一见钟情的东西，就算碰到了，因为羞怯或者懒惰，你也可能会错过。如果是以前，我总是劝自己说算了，但活到这把年纪，我终于知道我才不要错过自己真正爱的东西，在能力范围之内，为什么不呢?

让生活生机勃勃的方式就是和有能量的东西待在一起

一

鄙人年过四十，仍然面带微笑，黄爱东西老师褒奖我“好像一只吉祥物”。

这几年，生活基本是很愉快的，就算是偶有不愉快，也很快就能扛过去，由一个死气沉沉的怨妇变成现在这么一个永远兴致勃勃的人，奥秘在哪里呢？

我认为要找到自己的能量之源。

什么叫能量之源，喜欢就是能量之源。

写作是自己喜欢的，娱乐圈是自己喜欢的，采访是自己喜欢的，购物是自己喜欢的，朋友是自己喜欢的，家是自己喜欢的……我找到了某种窍门，特别不快乐的人变成现在这么一个很容易就快乐的人，这一切的关键在于“能量”，有能量就很容易快乐，有三个私人小锦囊是可以分享的：

首先，对抗是没什么用的，最重要的是接受。

不高兴常常是因为没有如愿，没如愿其实多半是因为无能，简单地说就是你的能量不足以撑起你的生活，首先一步就是必须承认自己的无能，虚怀若谷，才是改变的开始。

其次，闹情绪是没什么用的，最重要的是动起来。

承认自己无能，那就增能嘛，如何增能，动起来才能增能，去学习，去工作，去努力。中国有一句古话叫“夜里想了千条路，早上起来磨豆腐”，一动不动肯定不能增能。

所谓做好自己的事，坐言起行，稻盛和夫的名言是，当你“极度”认真工作时，才能扭转人生。

崩溃是没什么用的，实在过不去了就买一件自己特别特别喜欢的东西吧，窃以为，让生活愉快的最佳方式就是和自己喜欢的东西待在一起。

是的，我是通过美好物件带来的能量来转换能量气场的，我常常相信好的物品是身携能量的。如果你生活在一个周围全是自己很喜欢的东西的地方，你一定是开心的，触目所及全是所爱，那简直是一个滋养身心的道场。

二

关于物质能不能给人带来能量，我的回答是肯定的。

起码我能坚持写作，有很大程度上是因为我有一张摆满了我喜欢的东西的桌子，我觉得那是我给自己摆了个小小的风水阵，有电脑，有台灯，有书，当然还有写作吉祥物。

是的，我是靠这两样东西召唤灵感的。

一阴一阳，一男一女。

男人呢是一张刘庆元的木刻版画，名字叫“文字的众缪斯”，是我参加某一年的广州书市的纪念。画面很简洁，是一个皱着眉头怒目看书的男生。不知道为什么，我觉得那男孩子很像我（内心是汉子这一事实终于被承认了）。

女人呢则是一只纤细的铁艺雕像，一个长腿的穿着花瓣裙长着翅膀的祈祷少女。

很多年以前，我在一德路一间杂货店里发现了它，旧旧的，摆在一角。其实当时还有一个高举双手的少女，但我只被祈祷少女吸引，不光是她有一双我一辈子都不可能企及的长腿以及细腰，还有粉粉的少女感，更重要的是，她那种祈祷的姿态——那几乎代言了每一个写作者的窘况：这是一个靠天吃饭的行当。

什么叫靠天吃饭，不是说世上没有救世主，一切都只能靠自己么。嗯，写作确实是靠自己，靠自己的自律坐到书桌前，靠自己的脑子开始想，但是能写出什么来，就全凭老天爷赏饭吃了。以前冯小刚写过一本书，写王朔和刘震云互捧斗嘴，王说刘老师（刘震云）就是一座山，层峦叠嶂，没有人能超得过他，刘震云则说自己写得再好，再有智慧，再有高度，那也是人类的智慧，人类的高度，在上帝面前，这种智慧和高度都会显得十分的渺小，而上帝眼下正握着王朔老师的手在写作……这话听着特别俗，但是却是写作者之间一个心照不宣的秘密，那就是大家都经历过一种奇遇，有时候有些文章有些句子事后再看你完全不敢相信是自己写出来的——而且你以后也再写不出了。某种程度上，写作者有点像巫师，原本是一个凡人，但当他进入写作的情境时，他就进入了某种能量场，你能不能爬上去，爬上去之后能触到哪个点，完全听命于上帝。你的才华是风中之烛，能亮多久全凭天意——也就是说，写确实是你的事，但写不写得出就是上帝的事。

所以，那些志在必得的人成竹在胸的人肯定不能成为很好的写作者，写作者必然有一部分是非常谦卑的。因为但凡你经历过真正的写作，你就会明白人力的渺小，时运的庞大，你会深深地敬畏，敬畏命运，敬畏生命，敬畏某种不可知的存在。

三

怎样才能写得好又活得好，关于这个问题，渺小如我，还不知道，我们这些平凡人类唯一能做的，大概就是一直写下去一直活下去。

如果一定说有什么投机取巧的方式，我的建议是好好修建一个属于你自己的家居能量场，不妨在书桌上触目可及的地方摆上让你喜欢能给你力量的物件：比如一束怒放的鲜花、爱人的信、孩子的照片、你最钟爱的艺术家的作品……这些美好生活吉祥物，大概是我们能建构的一个最原始的风水阵。你赤手空拳来到这个世界，所能依靠的只有你自己，你走过风霜雨雪，你走过万水千山，你终于走进了自己的家。你坐在沙发前，你累得散了架，你需要召唤能量，你将肉身放低，放上音乐，烧好洗澡水，煮上一碗面，在铺着印花桌布的饭桌前吃上热腾腾的东西，你感受到你屋子里那些你挑选的真心喜欢的美好物件，它们每一个都属于你，每一个都想服务你，每一个都充满了你对于生活的热爱……

是的，你爱生活，生活就会爱你。

就像我实在写不出稿来，我就把新买的香奈儿包摆在电脑边，一抬眼就看到它，立即力量倍增，一天之内连改带写，完成了四篇稿。我的朋友都笑话我恋物成狂，但我想说，上帝会原谅我，这叫以彼之道，还彼之身，人最大的敌人大概就是自己。

有一天去海港城购物的时候，我的拍档蓝小姐怅然地说：你比我幸运，我一路买过各种各样的包，但是到最后发现其实那些包都是杂牌，包里面，还是只有爱马仕和香奈儿最好，你呢？一入包道，立即上手的是最好的牌子，一点也不用后悔买错了。

我一听这理论，觉得很好玩，但不可否认的是，作为一个后知后觉的奢侈品消费者，我确实是一上手就买香奈儿，这是我买的第一只香奈儿。

那些志在必得的人成竹在胸的人肯定不能成为很好的写作者，写作者必然有一部分是非常谦卑的。

我书桌上用来召唤灵感的两样写作吉祥物。

明星与LV

《蓝色茉莉》里的凯特·布兰切特，身着雪白大衣配 LV 水桶包，让我重新审视 LV。

国内明星都喜欢LV，狗仔队一偷拍，百分之八九十都是背LV。许多年前香江名媛章小蕙高调离港，约记者做采访，小推车上是十来只各色的LV旅行箱，照片放在杂志封面，简直像是现成的广告图。

我看到LV的时候，正是中国消费主义兴起的时候，满街都是LV，广州的三元里皮具批发市场满坑满谷都是这个牌子。一直很鄙视，谁会喜欢这种logo铺满身、恨不得告诉全世界我有钱的张扬东西呢？但我的朋友Coco立马就跳出来反对，她是个LV迷，节衣缩食也要买LV，她告诉我LV有几点好，一是好搭配，运动时拿着也不觉突兀，穿晚装拿着也觉得合适，利用率超高；二是人人都认得，是对身份和地位的简短说明。

Coco反问我："你不知道LV有句潜台词么？那就是：老（L）子很威（V），所以那么多富婆才会成为LV控，买成柜的LV，拿出去购物时震得住售货员那势利的青白眼，放在家里又可以当是保值。实在不喜欢了，还可以悄悄叫二手店的人上来，五年前的那只限量版已翻了一倍，你说威不威？"

好吧，我承认你威，但问题是，全世界都那么威，也是有点无聊啊。

后来我做明星时尚，查资料时才发现，原来LV没有变成街包之前，也曾经是优雅的代称。

奥黛丽·赫本够优雅的吧，也是LV的粉丝，她有一只小小的常用的LV旅行皮夹，放护照和钱的。而那只1965年产，委托LV的创始人亨利替她定制的Speedy 25也是名闻天下。

在老牌明星们生活的时代里，LV 是皇室与上流社会的常用物品。红歌星邓丽君的故居里到处是 LV，而江湖传说中最会穿衣的老牌香港女星汪明荃也最爱 LV。任何场合必见她手提 LV 袋。她的丈夫罗家英半真半假地抱怨说：“如果她每个月都买 LV，怎么受得了呀？”

汪阿姐 2009 年时和同剧挚友罗家英在美国结婚，发回的结婚照是那一年年度最具震撼力的时尚瞬间。她身穿红色旗袍，有潮流人士细心一看，原来竟是 LV 这一季新的花款，向已故的天才设计师斯蒂芬·斯普劳斯（Stephen Sprouse）致敬的涂鸦玫瑰。汪明荃自己更打来越洋电话喜气洋洋地解说：“旗袍是用 LV 的大丝巾改造而成，剩下的布我用来做了一个头箍给自己，做了条领带给罗家英，是独一无二的造型。”

听到独一无二四个字，我突然就明白了阿姐的心情和 LV 的真意。早在两年前她六十岁生日的派对上，阿姐就穿过一件别致的灰色 LV 旗袍，其精巧设计博得一片叫好。有人问可否要知会 LV，阿姐淡淡地说：用不着吧。

是啊，阿姐是什么人啊！纵横艺坛四十年不倒的女强人啊——你 LV 确实很威，但老子把很威的东西玩弄于手掌，调整出方向，玩出新花样，你们就赶不上了吧。就像晴雯撕扇，亦舒撞烂莲花跑车，阿姐的 LV 旗袍告诉所有人：你们很威，但老子比你们更威，这才是真正的威啊！

LV 的旅行用具不用说，自然很好，耐用结实。我有一只大的 LV 旅行袋，是蓝小姐送我的，但一定要配在推箱上，除非空空的为了拍照，若是真的旅行，装满东西的时候，真的挺重的。

我人生唯二的一只老花袋，是这只，唯一的原因只是我看到“大魔王”凯特·布兰切特的一张广告图，身穿白色开司米大衣的她，手里就拎着这款包，是的，我就是那种会因为喜欢女明星而去买同款包的粉丝，很傻吧。

戴卡地亚的女人

“每个女人至少要拥有一只卡地亚”，这少女时代的迷思让我无法逃离，后来我果然买了一只入门款，最简单那种。

一直心心念念要买一只卡地亚 TANK（坦克系列）。

“每一个职业女性都应该有一只 TANK”，是我多年以来存在于心中的奇怪执念，大约也因为当年看亦舒——亦舒女郎在我心里的形象就是住海景公寓，穿白衬衣，喷夜间飞行，大玻璃杯里摆大束白色栀子花，插着裤袋怅望暮色时，细细的手腕上隐约会露出一款简而方的 TANK。

虽然喜怒无常的女作家也曾说过卡地亚的坏话，可是她也说过女人若是三十开外还不懂得给自己买一块卡地亚钻表，那就太不成体统，《流金岁月》里风情万种的南孙说过，“有不大有记性，今年的耳环与前年那副一模一样，都是卡地亚蓝宝石”。

亦舒对卡地亚莫名的爱恨交加，大约因为卡地亚着实有点贵，消费者都是宋美龄这种级别的。亦舒小姐在小说里很实在地提到姓宋的是卡地亚的大客人，要知道，亦舒人生里最得意的一件事，是姓宋的曾邀她为她写自传，可是她拒绝了——多么傲娇。

卡地亚代表了顶级的珠宝，在女人的心中，这大约也代表了顶级的爱意，这一点在张爱玲的《色·戒》中表露无遗。汤唯饰演的富家小姐王佳芝，也不算没见过世面，但还是因为易先生一掷十一根大金条买下六克拉的大粉钻戒而改变心意。“其实不过微红，也不太大，但是光头极足，亮闪闪的，异星一样，红得有种神秘感。可惜不过是舞台上的小道具，而且只用这么一会工夫，使人感到惆怅……这个人是真爱我的，她突然想，心下轰然一声，若有所失。”于是马上放情郎一条生路，不惜将自己送上绝路。

美国社会学家芭芭拉·皮斯分析过女性为什么会因为一枚巨贵的戒指确定男人是真爱自己。这源于本能，远古时代，环境艰难，女性必须依赖男性的帮助才能抚育后代，在一场性邂逅里，男性的成本微乎其微，而女性则可能需要付出巨大的成本。她们必须用九个月时间来孕育小孩，再花至少五年时间才能把他抚育成有独立生存能力的人。所以只有男性表露出愿意与女性及其后代分享自己的财富时，女性才会获得最大的安全感和保障。所以在女人眼中，男人求爱时用的戒指越闪亮，就表示与其分享财产的诚意越大，而其下一代生存的机会就会越大，同时也在告诉别的女人，他已经打算与这名女子共享生存资源。

所以，男人送上红色盒子，那代表男人对女人的爱。

从前的女人没有工作的机会，生活来源就在于此，而如今女人可以自己纵横天下，自己花钱自己买，也是一种爽快，代表了女人对自己的爱，而且也跟是不是卡地亚没有太大关系，无论如何，我们都要生活在爱里。

戴安娜爱戴TANK，手上抱的孩子如今已娶妻了，她若知道该多欣慰呀！

世界上最真诚的祝福是两个：
揾到钱，买到嘢！

2017 年，我和《ELLE》的编辑在中环的大街小巷飞奔，为的就是找到这束白色牡丹，作为采访林青霞时送她的礼物。

一

前段时间我和五个姑娘去了日本，买买买，团友王小姐在和我一起血拼了三天之后，心悦诚服地说：你绝对有特异功能……

什么特异功能？我洗耳恭听。

同样是逛一家店，同样的时间，怎么就你最后能悠悠拎出一两样让我们尖叫的东西？

我哈哈大笑，说这个嘛！真是直觉，买得多了，那些好嘢就跳出来跟我招手。

什么叫好嘢呢？王小姐诧异。

好嘢是广东话，就是好东西，用更文一点的话说就是美好的物品。

你知道吗？美好的物品是有自尊心的，跟人一样，尊重自己、爱护自己、绝不给自己丢脸，又美又好用的东西就是好嘢。好嘢是做的时候工匠花了心思的，这种工匠的心思叫匠心，有匠心的东西会自动发出闪亮的光芒，然后被我捕捉到……

王小姐的眼睛都直了，她肯定以为我买得太多，说胡话了，其实不是，这确实是经历过世界各地无数商场的考验，在无数次的历练中成长起来的——

那是我们与美好事物之间某种神秘的连接，就在目光扫过的一秒钟之内你能感受物质身上那层微妙的味道，闪耀着美好物品才有的光芒，那光芒有两重含义，一是品质良好，二是匠心独具，也只有这样的牌子和这样的物品才值得你痛下杀手扫荡一空。

二

这套理论大概可以解释十几年前我在香港街头闲逛时为何独独走进了周生生的原因，毕竟香港隔几步就是金铺，我却只想走进这一家。我猜大概是铺面和招牌吸引了我，既不是全然的高不可攀，又不是显见的粗俗轻浮，棕色近黑的墙，简简单单几个白字，周生生。

像一个干净体面又讲规矩的老派绅士，但留过洋，绝不老气，甚至还有种内在的摩登。后来证明我的联想没有错，周生生本来是一家老牌家族企业，发源于广州，1948 年南下香港。现在的老板毕业于南加州大学，学 IT 出身，数十年来他用一种非常西方的方式管理着这家非常东方的企业，保守又现代，而且最重要的，对自己有要求。

另外它是一家罕见的金饰做得不土气的牌子，常常是你看中一款就要迅速地拿下，因为存货不多，如果年前恰好碰上潮汕大家族太太们前来扫货，整个铺头真是瞬间被席卷而空。

一直以来，我都觉得好的东西是有灵魂的，它也有它的自尊，它的骄傲，但也需要识货的人欣赏，这就是所谓的物的知音。

亦舒曾在《城市故事》中写道：格调低的男人不懂得欣赏人的内心世界。其实懂得欣赏人是一件好难的事，懂得欣赏物算是比较容易一点。

广东人祝福别人常用六个字：揾到钱，买到嘢！可不是么，可以努力工作挣到钱，可以买到自己心水的好东西，这不是天大的福分是什么。所有的祝福都包含在这两件事情里面，你身体健康，你事业有成，最重要你的努力有回报，你还会享受你的生活。

揾到钱自不用说，这是人生最大的难题，你要过的大部分难关，一辈子要做的功课都跟这个有关。但揾到钱之后，还可以买到嘢则是另一种幸运，因为买到好嘢是另一个维度的难关与功课，如果说前者跟你的智商与耐力有关，后者就更考验你的觉知和审美，前者跟硬实力有关，后者跟软实力有关。

好嘢是世界灵秀，需要懂得的人才能欣赏，物尽其用，不明珠暗投，也只有用心生活的人才能感受到别人的用心。

我曾经遇到过一个做古董生意的世家子，老人一生给小费都给得超级大方，我问为什么，他说那是为了奖励用心做事的人，让他们知道只要用心做事，就会获得超额的回报。有趣的是，不知道为什么，他一辈子的生意都特别好，他能用超级好的价钱买到超级好的东西，也能用超级好的价钱把它们转手出去。他说是因为自己一辈子都非常幸运，我认为，他真的是以公正温柔的心去对待这个世界，所以世界也以同样的温柔待他。

还有什么祝福比这个更实在，嗯，祝你“揾到钱”，也祝你“买到嘢”！

对，我是一个自己买戒指的女子。

因为手指粗，我很难买到合适的戒指，特别是中指。那一年我刚恢复单身，非常迷惘，气息好弱，朋友建议我应该佩戴一点金饰。于是我花了巨款四千港币买了这只最简单的戒指，白金配玫瑰金，再简单不过，也方便我劳作，一直到现在还是我最常戴的一只。

十年以后，给自己买了这一对皇冠戒，是某品牌同大英博物馆合作的款式。一个简单的愿望，我希望自己牢牢记住，每个女人大概都是可以成为自己的女王的，只要你愿意承担，你就能部分主宰自己的命运。

那些有海藻一样长发的女子

一

前两天，收到了两张画。

是我的朋友西安插画家袁倩寄给我的，一张是用针管笔画的藤椅圆桌和老猫。

一张是海藻一样长发的女子，背后是几行细细的字。

用现在的眼光看，这些话真是矫情得不行，完全是一个小女人私下里的自恋呓语，但却是我特地要求她帮我复刻的——那二十多年前矫情无比的我。

上个世纪九十年代，大陆还没有几本时尚杂志，《ELLE 世界时装之苑》和《上海服饰》算是我们那个小城唯二能见到的两本时尚杂志。《ELLE》实在贵得离谱，那时候十块钱可以在大学里吃一个星期餐厅了，所以身为学生妹的我，偶尔能买得起的是三块五的《上海服饰》。

说起《上海服饰》，不得不提里面有一个经典的栏目叫《普通女性谈穿着》，就是全国各地的读者写信来谈自己的搭配和打扮。虽然天涯上有人开过一个帖子嘲笑这个自恋的栏目，说有一个女老师神经兮兮整天在校园里穿旗袍在信里讲学生说她像张曼玉……

是啊，确实多少是有点自恋的，但自恋是青春期最可以原谅的缺点。我记得里面有一封信是湘潭图书馆一个得了白化病的管理员写的，这个管理员恰好我见过，她长相平常，人也高冷，但在她的信里她是那么一个爱美的女孩，认识她的人看了信肯定要瞠目结舌，但这就是一个人的内心世界啊，世界已然那么冰冷，衣服就是女人的伊甸园，是触手能及的幻觉……

有幻觉的青春总比没幻觉的青春好吧。

一直到很多年以后，我还能记得当时读这些短信看这些插图的场景：

一个迷惘的对未来充满了想象的女大学生，在图书馆或者在宿舍里拿着一本杂志，谁也不想见，谁也不愿意见，用一个上午一个字一个字地读，

袁倩的画和我曾经最爱的《上海服饰》。

谢谢所有陪伴过我青春的美好。

和你们在一起的那个世界里，我永远也不老。

跋

生活是每个人的神殿

我说过，我是那批审美为零的七零后中的一员。

有很长很长一段时间，我其实根本就不懂得怎么生活，没钱的时候，固然是省，但手上略微有点钱了，又疯狂地买。我觉得是小时候物质上过分的克俭让我在成年之后成了一个购物狂——买很多，但质量都很差；买很多，但毫无意义。

我真正意识到什么叫有质量的生活，是在认识黄爱东西之后。

有一年暑假，我家里的房子在装修，就跑到她家去住（彼时她已搬去山中的别墅）。

那是一套二百平方米的大房子，任性地只有三间房，一个连阳台的客厅，一个一百八十度一览园景的主卧、客卧，还有一个小书房。那个夏天，我长时间地待在她的书房里写稿，看着她满柜的书，看她当年的美照，想起二十几年前在老家看到她专栏的情形。那时的她对我来说是天上的星星，中国最漂亮最拉风的专栏女作家，谁能想到后来能成为朋友，后来还可以借住她家。只能说，人生是多么奇妙——早一点，晚一点，我们都成不了朋友，可是恰好没有早一点，也恰好没有晚一点，就这么遇上了，真好。

盛夏，我在她的大房子里走来走去，屋大光猛，一派欣欣向荣。她家的露台前还有一大片树林，南国的树就是长得茂密，深的淡的绿，晾衣服的阳台上有一个长风铃，我刚搬进来的那一天，风大，长长的风铃会轻轻地敲动，声音悠远绵长，真好听。

真的，我能想象的一个女作家的寂静优雅的生活莫过于此——在沉寂的午后，抱着一本书靠在真皮大沙发上，大茶桌上煮着开水，十几种茶叶，还有一条一条的中南海。用最少的力气过上最舒服的生活，我想起她说的：什么中产小资都是扯，就是适当舒适的生活。

那时目力范围内，黄爱东西是我见过的最会生活的人，有品位，有审美，还节制。名牌以前也是迷恋过的，不过后来渐渐都送了人。房子、车子都有了，生活里最大的奢侈不过是吃。喜欢吃日本空运过来的生巧克力，觉得好吃，闺密人均送两盒。她是中山大学生物系的，师兄师弟师姐师妹都是搞养殖农科的，信息广阔，知道哪里的黄曲霉素超标，当地产的花生不能吃，大米只能吃东三省的。她还爱研究淘宝，研究的结果是乌鲁木齐哪种酸奶最好，哪种海鸭松花皮蛋值得买，没有用保姆，从来不吃外卖，全部生活都靠自己搞掂，轻轻巧巧把自己的生活打理得井井有条，“青菜叫人送上来，开水烧好，丢一包霸王花粉，为什么要吃方便面？”

巨大的冰箱里粥粉面齐全，鲍参鱼翅、花胶瑶柱、珠江生抽、九鬼芝麻油，厨房里连刷杯子的刷子都有三种，这就是一个高智商学霸的生活之道。有时，生活不光是钱的问题，而且是能力的问题，眼光的问题。

聊天的时候，说到何谓富足的生活，“米烂陈仓，其实就是一种中国式的安全感”。

以前的巨星永远要在半岛有一张专座，张国荣说到退休生活一脸自豪：“我的钱可以住三辈子总统套。”这是另一种安全感，但升斗小民的安全感不是要多么豪奢，只是想用的想要的东西恰好都在手边，不缺少也不多余。

这算是中产么？我问。

她说，我们也就处在中产的边缘……

就这样，凭着一腔好学之心，鲁莽愚笨的我一路走到现在，看过大富之家的低调，也领略过中产阶层的豪奢。看着那些爱生活懂生活的人如何一点一点打理好他们的生活，发现真正坚毅的人，确实是在任何情况之下，哪怕点煤球炉也要为自己烤面包。一个人的品性，全在他选择的生活里，一碗一盆，一丝一线都带着你的信息，一点也做不得假。

美好的人一定会有美好的生活，如果你愿意学。

采访查建英时翻到她的小说《丛林下的冰河》，看到一句话，是一个印度人说的，“我亲爱的，那种友好很肤浅”。我对于朋友们的友好也很肤浅，就是希望每一个生命里碰到的朋友都过得很好，米烂陈仓也好，三辈子总统套也好，买九鬼芝麻油也好，总之让自己灵魂安定，身体舒适，有最大程度的安然，最大程度的周全和体面。

从过去的晦暗时光走来，穿过迷乱亮眼的现在，面对谁也无法知道的将来，这些年所学的不过就只有一句话，那就是别对自己太狠，灵魂和肉体都值得我们用心善待。套用村上春树那句用滥了的话：生活是每个人的神殿，不管里面供奉的是什么，都值得细心善待，只有这样才会有强韧、美丽和清洁的内在。

与大家共勉。

祝生活愉快！

图书在版编目（CIP）数据

我必亲手重建我的生活 / 黄佟佟著 . -- 北京 : 中信出版社 , 2018.9（2019. 2 重印）

ISBN 978-7-5086-9097-1

Ⅰ. ① 我… Ⅱ. ① 黄… Ⅲ . ①散文集－中国－当代 Ⅳ . ① I267

中国版本图书馆 CIP 数据核字 (2018) 第 131102 号

我必亲手重建我的生活

著　　者：黄佟佟

出版发行：中信出版集团股份有限公司

（北京市朝阳区惠新东街甲 4 号富盛大厦 2 座　邮编　100029）

承 印 者：北京利丰雅高长城印刷有限公司

开　　本：880mm×1230mm　1/32　　印　　张：9.25　　字　　数：190 千字

版　　次：2018 年 9 月第 1 版　　印　　次：2019 年 2 月第 5 次印刷

广告经营许可证：京朝工商广字第 8087 号

书　　号：ISBN 978-7-5086-9097-1

定　　价：68.00 元